KB080216

장독대밑 비스듬한켠 아래, 아다다가 입을 헤벌리고
납작하니 엎디어져, 두 다리만을 힘없이 버지럭거리고 있다.
그리고 머리편으로 한 발쯤 나가선 깨어진 동이 조각이
질서없이 너저분하게 된장 속에 묻혀 있다.

영원한 행복을 위하여 이 자리에 그대로
박혀서는 누릴 수 없을 것이 다음에
남은 근심이었다. ……
예식 없는 가약을 그들은 서로 맹세하고
그날 새벽으로 그 마을을 떠나, 신미도라는
섬으로 흘러가서 그곳에 안주를 정하였다.

다시 읽는 계용묵

백치 아다다

문학, 지성과 품성을 만드는 생명의 언어

허 병 두

서울 숭문고 교사
교육부 독서교육발전자문위원회 위원
EBS FM '책과의 만남' 진행자
'책으로 따뜻한 세상 만드는 교사들' 대표

문학작품은 우리네 삶을 들여다보는 거울이다. 그 거울은 작가의 예리한 통찰력과 풍부한 상상력으로 닦여져 읽는이의 눈을 예리하게 틔워 주고 그윽하게 만든다. '자, 세상은 이런 거야. 그리고 삶은 이렇게 사는 거야.' 빛나는 거울 속에서 퉁겨져 나온 언어들이 세상과 인생의 깊은 속내를 전해 준다. 때로는 깊은 생각에 턱을 고이게 하고, 때로는 격렬하게 가슴을 적셔오는 언어들…… 문학은 바로 이러한 언어들의 축제다.

그래서 문학작품은 영혼이 푸른 시절에 읽으면 더욱 좋다. 잔잔한 아침바다 위에 떠오른 해류들이 먼길을 떠날 채비를 서두르며 뒤척이듯이 문학작품은 삶이라는, 망망대해로 떠나가는 작은 조각배를 생기롭게 한다. '그래, 이쪽으로 가는 거야. 바로 여기가 삶의 보물이 묻혀 있는 곳이지.' 이처럼 문학작품은 푸른 영혼들의 삶에 방향을 제시하며 인생을 풍요롭게 해 준다.

우리 문학사에서 1920~30년대의 문학은 커다란 의미를 갖는다. 이 당시의 문학은 식민지 시대의 민족적 아픔 속에서 그 후의 현대 문학을 성숙하게 하는 역할을 하였다. 훌륭한 문인들이 속속 등장하여 민족의 영혼을 쓰다듬고 우리 문학의 앞길을 제시해 주었던 것이다. 특히 단편 문학의 뛰어난 성과는 책갈피를 넘길 때마다 눈길과 손길을 모두 멈추게 한다.

그런 측면에서 볼 때 이번에 더욱 알차고 새롭게 엮어져 나온 도서출판 맑은소리의 한국 대표작가 문학 선집 '다시 읽는 명작 시리즈'는 청소년들이 읽기에 안성맞춤이다. 명작이라고 그저 활자들의 감옥처럼 만들어 딱딱하고 고압적인 느낌이 들게 했던 종래의 책들과는 달리 이제 막 세상에 눈을 뜨는 청소년 독자들이 읽기 좋게 여러 모로 배려되어 있다. 1920~30년대의 문학작품들에서 출발하여, 앞으로 1920년 이전의 근대 문학부터 최근의 현대 문학에 이르기까지 계속해서 폭넓게 기획·출간될 이 시리즈는 특히 원전을 고스란히 살리되 해당 작가의 작품세계를 대표하는 엄선된 작품들, 그리고 작품의 깊은 속내를 충분히 이해하고 즐길 수 있도록 그려진 삽화들 덕분에 책을 읽고 난 독자들은 그 작가의 나머지 작품세계까지도 파고들고 싶은 욕심이 날 듯싶다.

문학은 생존 이전에 인간이 지녀야 할 지성과 품성을 만들어 주는 생명의 언어들이다. 모쪼록 여러분의 삶을 늘 지켜 주고 밝혀 줄 생명의 언어들을 '다시 읽는 명작 시리즈'에서 만나기를 바란다. 여러분이 책갈피를 넘기며 만나게 되는 빛나는 언어들은 어느 험한 굽이에서 여러분을 굳게 잡아 줄 것이다.

• 일러두기 •

1. 이 책은 해당 작가의 대표적 작품을 중심으로 엮었으며, 작품의 전문을 수록하였다.
2. 표기는 원문의 느낌 전달 및 효과를 고려하여 가능한 한 원작에 충실을 기했다.
3. 그러나 작품 속에 나오는 방언이나 속언 중에서 올바른 의미 전달을 위해 꼭 필요하다고 생각된 단어는 현대 표기법을 따랐다.
4. 원문의 오자 및 띄어쓰기는 개정된 한글 맞춤법을 따랐고, 외래어도 현행 외래어 표기법을 따랐다.
5. 그 밖의 이해하기 어렵거나 현재 잘 사용하지 않는 단어는 괄호 안에 뜻풀이를 달았다.
6. 대화체와 인용은 " "로, 독백이나 생각·강조는 ' '로, 작품명이나 기타 제목은 〈 〉로, 책명은 《 》로, 잡지나 신문명은 『 』로 표시하였다.

다시 읽는 계용묵

백치 아다다

차 례

백치 아다다

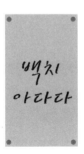

백치
아다다

질그릇이 땅에 부딪치는 소리가 났다고 들렸는데 마당에는 아무도 없다.

부엌에 쥐가 들었나? 샛문을 열어 보려니까,

"아 아 아이 아아 아야……!"

하는 소리가 뒤란 곁으로 들려온다. 샛문을 열려던 박씨는 뒷문을 밀었다.

장독대 밑 비스듬한 켠 아래, 아다다가 입을 헤벌리고 납작하니 엎디어져, 두 다리만을 힘없이 버지럭거리고 있다. 그리고 머리 편으로 한 발쯤 나가선 깨어진 동이 조각이 질서 없이 너저분하게 된장 속에 묻혀 있다.

"아이고머니! 무슨 소린가 했더니 이년이 동이를 또 잡았구나! 이년아! 너더러 된장 푸래든, 푸래?"

어머니는 딸이 어딘가 다쳤는지 일어나지도 못하고 아파하는 데 가는 동정심보다 깨어진 동이만이 아깝게 눈에 보였던 것이다.

"어 어마! 아다아다 아다 아다아다……."

모닥불을 뒤집어쓰는 듯한 끔찍한 어머니의 음성을 또다시 듣게 되는 아다다는 겁에 질려 얼굴에 시퍼런 물이 들며, 넘어진 연유를 말하여 용서를 빌려는 기색이나 말이 되지를 않아 안타까워한다.

아다다는 벙어리였던 것이다. 말을 하렬 때에는 한다는 것이 아다다 소리만이 연거푸 나왔다. 어찌어찌 가다가 말이 한 마디씩 제법 되어 나오는 적도 있었으나 그것은 쉬운 말에 그치고 만다.

그래서 이것을 조롱삼아 학실이라는 뚜렷한 이름이 있음에도 불구하고 누구나 그를 부르는 이름은 '아다다'였다. 그리하여 이것이 자연히 이름으로 굳어져 그 부모네까지도 그렇게 부르게 되었거니와, 그 자신조차도 "아다다!" 하고 부르면 마땅히 들을 이름인 듯이 대답을 했다.

"이년까타나 끌이 세누나! 시켠엘 못 가갔으문 오늘은 어드메든지 나가서 뒈디고 말아라, 이년아! 이년아!"

어머니는 눈알을 가로세워 날카롭게도 흰자위만으로 흘
기며 성큼 문턱을 넘어선다.

아다다는 어머니의 손길이 또 자기의 끌채를 감아 쥘 것
을 연상하고, 몸을 겨우 뒤쳐 비꼬아 일어서서 절룩절룩
굴뚝 모퉁이로 피해 가며 어쩔 줄을 모르고 일변 고개를
좌우로 돌려 살피며 아연하게도,

"아다 어 어마! 아다 어마! 아다다다다다!"

하고 부르짖는다. 다시는 일을 아니 저지르겠다는 듯,
그리고 한 번만 용서를 하여 달라는 듯싶게.

그러나 사정 모르는 체 기어코 쫓아간 어머니는,

"이년! 어서 뒈져라. 뒈지기 싫건 시집으로 당장 가거
라. 못 가간……?"

그리고 주먹을 귀 뒤에 넌지시 얼메고 마주 선다.

순간, 주먹이 떨어지면? 하는 두려운 생각에 오싹하고
끼치는 소름이 튀해 놓은 닭같이 전신에 돋아나는 두드러
기를 느끼는 찰나, '턱!' 하고 마침내 떨어지는 주먹은 어
느새 끌채를 감아 쥐고 갈지자로 흔들어 댄다.

"아다 어어 어마! 아 아고 어 어마!"

아다다는 떨며 빌며 손을 모은다.

그러나 소용이 없다. 한번 손을 댄 어머니는 그저 죽어
싸다는 듯이 자꾸만 흔들어 댄다. 하니 그렇지 않아도 가

꾸지 못한 텁수룩한 머리는 물결처럼 흔들리며 구름같이 피어나선 엉클어진다.

그래도 아다다는 그저 빌 뿐이요, 조금도 반항하려고는 않는다. 이런 일은 거의 날마다 지내보는 것이기 때문에 한대야 그것은 도리어 매까지 사는 것이 됨을 아는 것이다. 집의 일이 아무리 꼬여 돌아가더라도 나 모르는 체 손 싸매고 들어앉았으면 오히려 이런 봉변은 아니 당할 것이 가만히 앉았지는 못했다.

선천적으로 타고난 천치에 가까운 그의 성격은 무엇엔지 힘에 맞추는 노력이 있어야 만족을 얻는 듯했다. 시키건 안 시키건, 헐하나 힘차나 가리는 법이 없이 하여야 될 일로 눈에 띄기만 하면 몸을 아끼는 일 없이 하는 것이 그였다. 그래서 집안의 모든 고된 일은 실로 아다다가 혼자서 치워 놓게 된다.

그러나 어머니는 그것이 반갑지 않았다. 둔한 지혜로 차부(채비) 없이 뼈가 부러지도록 몸을 돌보지 않고 일종 모험에 가까운 짓을 하게 되므로, 그 반면에 따르는 실수가 되레 일을 저질러 놓게 되어 그릇 같은 것을 깨어 먹는 일은 거의 날마다 있다 하여도 옳을 정도로 있었다.

그래도 아다다의 힘을 빌지 않고는 집안일을 못 치우겠다면 모르지만, 그는 참례를 하지 않아도 행랑에서 차근차

근히 다 해 줄 일을 쓸데없이 가로막아선 일을 저질러 놓고 마는 데에 그 어머니는 속이 상했다.

본시 시집을 보내기 전에도 그 버릇은 지금이나 다름이 없어, 벙어리인데다 행동까지 그러하였으므로 내용 아는 인근에서는 그를 얻어 가려는 사람이 없었다.

그리하여 열아홉 고개를 넘기도록 처묻어 두고 속을 태우다 못해 깃부〔持參金〕로 논 한 섬지기를 처넣어 똥 치듯 치워 버렸던 것이, 그만 오 년이 멀다 다시 쫓겨와 시집에는 아예 갈 생각도 아니하고 하루같이 심화를 올렸다. 그래서 어머니는 역겨운 마음에 아다다가 실수를 할 때마다 주릿대를 내리고 참례를 말라건만 그는 참는다는 것이 그 당시뿐이요, 남이 일을 하는 것을 보면 속이 쏘는 듯이 슬그머니 나와서 곁을 슬슬 돌다가는 손을 대고 만다.

바로 사흘 전엔가도 무명 누임(무명이나 모시 명주 따위의 생피륙을 희게 만들기 위하여 잿물에 담가 삶아서 빨아 말리는 일)을 할 때 활짝 단 솥뚜껑을 차부 없이 맨손으로 열다가 뜨거움을 참지 못해 되는 대로 집어 엎는 바람에 그만 자배기가 하나 깨어져 욕과 매를 한 모태 겪고 났었건만, 어제 저녁 행랑 색시더러 오늘은 묵은 된장을 옮겨 담아야 되겠다고 이르는 말을 어느 겨를에 들었던지 아다다는 아침밥이 끝나자 어느새 나가서 혼자 된장을 퍼 나르다가 그만 또 실수를 한 것이었다.

"못 가간? 시집에! 못 가간? 이년! 못 가갔음 죽어라!"

붙잡았던 머리를 힘차게 휘두르며 밀치는 바람에 손에 감겼던 머리카락이 끊어지는지 빠지는지 무뚝 묻어나며 아다다는 비칠비칠 서너 걸음 물러난다.

순간, 정신이 어쩔해진 아다다는 넘어지지 않으려고 애써 버지럭거리며 삐치는 다리에 겨우 진정을 얻어 세우자,

"아다 어마! 아다 어마! 아다 아다!"

하고 다시 달려들 듯이 눈을 흘기고 섰는 어머니를 향하여 눈물 글썽한 눈을 끔벅 한 번 감아 보이고, 그리고 북쪽을 손가락질하여 어머니의 말대로 시집으로 가든지 그렇지 않으면 죽어라도 버리겠다는 뜻으로 고개를 주억이며 겁에 질려 어쩔 줄을 모르고 허청허청 대문 밖으로 몸을 이끌어 냈다.

나오기는 나왔으나 갈 곳이 없는 아다다는 마당 귀를 돌아서선 발길을 더 내놓지 못하고 우뚝 섰다.

시집으로 간다고는 하였으나 아무리 생각해도 남편의 매는 어머니의 그것보다 무섭다. 그러면 다시 집으로 들어가나? 이번에는 외상 없는 매가 떨어질 것 같다. 어디로 가야 하나? 갈 곳 없는 갈 곳을 짜 보니 눈물이 주는 위로 밖에 쓸데없는 오 년 전 그 시집이 참을 수 없이 그립다.

—— 추울세라 더울세라, 힘이 들까 고단할까, 알뜰살뜰히 어루만져 주던 시부모, 밤이면 품속에 꼭 껴안아 피로를 풀어 주던 남편. 아! 얼마나 시집에서는 자기를 위하여 정성을 다하였던 것인가?

　　참으로 아다다가 처음 시집을 가서의 오 년 동안은 온집안의 사랑을 한몸에 받아왔던 것이 사실이다.

　　벙어리라는 조건이 귀에 들어맞는 것은 아니었으나, 돈으로 아내를 사지 아니하고는 얻어 볼 수 없는 처지에서 스물여덟 살에 아직 장가를 못 들고 있는 신세로, 목구멍조차 치기 어려운 형세이었으므로 아내를 얻게 되기의 여유를 기다리기까지에는 너무도 막연한 앞날이었다. 벙어리나마 일생을 먹여 줄 것까지 가지고 온다는 데 귀가 번쩍 뜨여 그 자리를 앗길까 두렵게 혼사를 지었던 것이니, 그로 인해서 먹고 살게 되는 시집에서는 아다다를 아니 위할 수가 없었던 것이다. 그러한 가운데 또한 아다다는 못하는 일이 없이 일 잘하고, 고분고분 말 잘 듣고, 조금도 말썽을 부리는 일이 없었다. 그래서 생활고가 주는 역겨움이 쓸데없이 서로 눈독을 짓게 하여 불쾌한 말만으로 큰소리가 끊일 새 없이 오고 가던 가족은 일시에 봄비를 맞는 동산같이 화락한 웃음의 꽃이 피었다.

　　원래 바른 사람이 못 되는 아다다에게는 실수가 없는 것이 아니었으나, 그로 인해서 밥을 먹게 된 시집에서는 조금도 역겹게 안 여겼고, 되레 위로를 하고 허물을 감추기에 서로 힘을 썼다.

여기에 아다다가 비로소 인생의 행복을 느끼며 시집가기 전 지난날 어머니 아버지가 쓸데없는 자식이라는 구실 밑에, 아니, 되레 가문을 더럽히는 앙화(殃禍) 자식이라고 사람으로서의 푼수에도 넣어 주지 않고 박대하던 일을 생각하고는, 어머니 아버지를 원망하는 나머지 명절 목이나 제향 때면 시집에서는 그렇게도 가 보라는 친정이었건만 이를 악물고 가지 않고 행복 속에 묻혀 살던 지나간 그날이 아니 그리울 수가 없을 게다.

그러나 그날은 안타깝게도 다시 못 올 영원한 꿈 속에 흘러가고 말았다.

해를 거듭하며 생활의 밑바닥에 깔아 놓았던 한 섬지기라는 거름이 차츰 그들을 여유한 생활로 이끌어, 몇백 원이란 돈이 눈앞에 굴게 되니 까닭없이 남편되는 사람은 벙어리로서의 아내가 미워졌다.

조그만 실수가 있어도 눈을 흘겼다. 그리고 매를 내렸다. 이 사실을 아는 아버지는 그것은 들어오는 복을 차 버리는 짓이라고 타이르나 듣지 않았다. 그리하여 부자간에 충돌이 때때로 일어났다. 이럴 때마다 아버지에게는 감히

하고 싶은 행동을 못하는 아들은 그 분을 아내에게로 돌려
풀기가 일쑤였다.

"이년, 보기 싫다! 네 집으로 가거라!"

그리고 다음에 따르는 것은 매였다. 그러나 아다다는 참
아가며 아내로서의, 그리고 며느리
로서의 임무를 다했다.

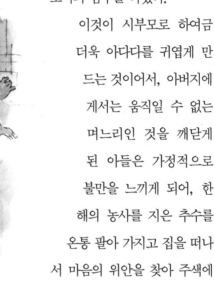

이것이 시부모로 하여금
더욱 아다다를 귀엽게 만
드는 것이어서, 아버지에
게서는 움직일 수 없는
며느리인 것을 깨닫게
된 아들은 가정적으로
불만을 느끼게 되어, 한
해의 농사를 지은 추수를
온통 팔아 가지고 집을 떠나
서 마음의 위안을 찾아 주색에
돈을 다 탕진하고 물거품같이 밀려
돌다가 동무들과 짝지어 안동현(安東縣)으로 건너갔다.

그리하여 이 투기적(投機的)인 도시에 묻혀서 노동의
힘으로 본전을 얻어선 '양화'와 '은떼루'에 투기하여 황금
을 꿈꾸어 오던 것이 기적적으로 맞아나기 시작하여, 이태

만에는 이만 원에 가까운 돈을 손에 쥐게 되었다. 그리하여 언제나 불만이던 완전한 아내로서의 알뜰한 사랑에 주렸던 그는 돈에 따르는 무수한 여자 가운데서 마음대로 흡족히 골라 가지고 집으로 돌아왔다.

그리고는 새로운 살림을 꿈꾸는 일변, 새로이 가옥을 건축함과 동시에 아다다를 학대함이 전에 비할 정도가 아니었다. 이에는 그 아버지도 명민하고 인자한 남부끄럽지 않은 버젓한 새 며느리에게 마음이 쏠리는 나머지, 이미 생활은 걱정이 없이 되었으니 아다다의 깃부로서가 아니라도 유족할 앞날의 생활을 내다볼 때, 아들로서의 아다다에게 대하는 태도는 조금도 마음에 거슬리는 것이 없었다. 그리하여 시부모의 눈에서까지 벗어나게 된 아다다는 호소할 곳조차 없는 사정에 눈감은 남편의 매를 견디다 못해 집으로 쫓겨오게 되었던 것이니, 생각만 하여도 옛 매 자리가 아픈 그 시집은 죽으면 죽었지 다시는 찾아갈 생각이 없었던 것이다.

그래서 집에 있게 되니 그것보다는 좀 헐할망정 어머니의 매도 결코 견디기에 족한 것이 아니다. 그리고 그것은 날마다 더 심해만 왔다. 오늘도 조금만 반항이 있었던들 어김없이 매는 떨어지고 말았을 것이다.

그러니 어디로 가나? 아무리 생각을 해 보아야 그저 이

백치 아다다　21

세상에서는 수룡이네 집밖에 또 찾아갈 곳은 없었다.

수룡은 부모, 동생조차 없는 사십이 넘은 총각으로 누구보다도 자기를 사랑하여 준다고 믿는 단 한 사람이었다. 그리하여 쫓기어날 때마다 그를 찾아가선 마음의 위안을 얻어 오던 것이다.

아다다는 문득 발걸음을 떼어 아지랑이 어른거리는 마을 끝 산턱 아래 떨어져 박힌 한 채의 오막살이를 향하여 마당 귀를 꺾어 돌았다.

수룡은 벌써 일 년 전부터 아다다를 꾀어 왔다. 시집에서까지 쫓겨난 벙어리였으나, 김 초시의 딸이라 스스로도 낮추어 보여지는 자신으로서는 거연히 염을 내지 못하고

 23

뜻있는 마음을 건네 볼 길이 없어 속을 태워 가며 눈치만 보아 오던 것이, 눈치에서보다는 베풀어 준 동정이 마침내 아다다의 마음을 사게 된 것이었다.

아이들은 아다다를 보기만 하면 따라다니며 놀렸다. 아니, 어른까지도 "아다다, 아다다" 하고 골을 올려서는 분하나 말을 못하고 이상한 시늉을 하며 두덜거리는 것을 봄으로 행복을 느끼는 듯이 손뼉을 치며 웃었다.

그래서 아다다는 사람을 싫어하였다. 집에 있으면 어머니의 욕과 매, 밖에 나오면 뭇사람들의 놀림, 그러나 수룡이만은 자기를 사랑하는 것이었다. 아이들이 따라다닐 때에도 남 아니 말려 주는 것을 그는 말려 주고, 그리고 매에 터질 듯한 심정을 풀어 주는 것이었다.

그리하여 아다다는 마음이 불편할 때마다 수룡을 생각해 오던 것이 얼마 전부터는 찾아다니게까지 되어 동네의 눈치에도 어느덧 오른 지 오래였다.

그러나 아다다의 집에서도 그 아버지만이 지체를 가지기 위하여 깔맵게 아다다의 행동을 경계하는 듯하고, 그 어머니는 도리어 수룡이와 배가 맞아서 자기의 눈앞에 보이지 아니하고 어디로든지 달아났으면 하는 눈치를 알게 된 수룡이는, 지금에 와서는 어느 정도까지 내놓다시피 그를 사귀어 온다.

아다다는 제 집이나처럼 서슴지도 않고 달리어 오자마자 수룡이네 집 문을 벌컥 열었다.

"아, 아다다!"

수룡은 의외에 벌떡 일어섰다.

"너 또 울었구나!"

울었다는 것이 창피하긴 하였으나 숨길 채비가 아니다. 호소할 길 없는 가슴속에 꽉 찬 설움은 수룡이의 따뜻한 위무가 어떻게도 그리웠는지 모른다.

방 안에 들어서기가 바쁘게 쫓기어난 이유를 언제나같이 낱낱이 고했다.

"그러기 이젠 아야 다시는 집으로 가지 말구 나허구 둘이서 살아, 응?"

그리고 수룡은 의미있는 웃음을 벙긋벙긋 웃어가며 아다다의 등을 척척 두드려 달랬다. 오늘은 어떻게 해서든지 자기의 것으로 영원히 만들어 보고 싶은 욕망에 불탔던 것이다.

그러나 아다다는,

"아다 무 무서! 아바 무 무서! 아다 아다다다!"

하고, 그렇게 한다면 큰일난다는 듯이 눈을 둥그렇게 뜬다. 집에서 학대를 받고 있느니보다는 수룡의 사랑 밑에서 살았으면 오죽이나 행복하랴! 다시 집으로는 아니 들어가리라는 생각이 없었던 바도 아니었으나, 정작 이런 말을 듣고 보니 무엇엔지 차마 허하지 못할 것이 있는 것 같고, 그렇지 않아도 눈을 부릅뜨고 수룡이한테 다니지 말라는 아버지의 이르던 말이 연상될 때 어떻게도 그 말은 엄한 것이었다.

"우리 둘이 달아났음 그만이지 무섭긴 뭣이 무서워?"

"······."

아다다는 대답이 없다.

딴은 그렇기도 한 것이다. 당장 쫓기어난 몸이 갈 곳이 어딘고? 다시 생각을 더듬어 볼 때 어머니의 매는 아버지의 그 눈총보다도 몇 배나 더한 두려움으로 견딜 수 없이 아픈 것이다. 그러마고 대답을 못하고 거역한 것이 금세 후회스러웠다.

"안 그래? 무서울 게 뭐야? 이젠 아야 집으루 가지 말구 나허구 있어, 응?"

"응, 아다, 이 있어, 아다 아다."

하고 아다다는 다시 있자는 수룡이의 말이 나오기를 기다렸던 듯이, 그리고 살길을 이제 찾았다는 듯이 한숨과 같이 빙긋 웃으며 있겠다는 뜻을 명백히 보이기 위하여 고개를 주억이며 삿바닥을 손으로 툭툭 두드려 보인다.

"그렇지, 그래. 정 있어야 돼, 응?"

"응, 이서 이서, 아다 아다…….."

"정말이야?"

"으, 응, 저 정 아다 아다…….."

단단히 강문을 받고 난 수룡이는 은근히 솟아나는 미소를 금할 길이 없었다.

벙어리인 아다다가 흡족할 이치는 없었지만 돈으로 사지 아니하고는 아내라는 것을 얻어 볼 수 없는 처지였다. 그저 생기는 아내는 벙어리였어도 족했다. 그저 자기의 하는 일이나 도와 주고 아들딸이나 낳아 주었으면 자기는 게서 더 바랄 것이 없었다. 아내를 얻으려고 십여 년 동안을 불피풍우(不避風雨 ; 비바람을 무릅쓰고 일을 함) 품을 팔아 궤 속에 꽁꽁 묶어 둔 일백오십 원이란 돈이 지금에 와서는 아내 하나를 얻기에 그리 부족한 것은 아니나, 장가를 들지 아니하고 아다다를 꾀어 온 이유도 아다다를 꾐으로 돈을 남겨서 그 돈으로 살림의 밑천을 만들어 가정의 마루를 얹자는 데서였던 것이다. 이제 그 계획이 은근히 성공에 가까워 옴에 자기도 남과 같이 가정을 이루어 보게 되누나 하니 바라지도 못하였던 인생의 행복이 자기에게도 이제 찾아오는 것 같았다.

"우리 아다다!"

수룡이는 아다다의 등에 손을 얹으며 빙그레 웃었다.

"아다 다다!"

아다다도 만족한 듯이 히쭉 입이 벌어졌다.

그날 밤을 수룡의 품안에서 자고 난 아다다는 이미 수룡의 아내 되기에 수줍음조차 잊었다. 아니, 집에서 자기를 받아들인다 하더라도 수룡을 떨어져서는 살 수 없으리만큼 마음은 굳어졌다. 수룡이가 주는 사랑은 이 세상에서는 더 찾을 수 없는 행복이라 느끼어졌던 것이다.

그러나 영원한 행복을 위하여 이 자리에 그대로 박혀서는 누릴 수 없을 것이 다음에 남은 근심이었다. 수룡이와 같이 살자면 첫째, 아버지가 허하지 않을 것이요, 동네 사람도 부끄럽지 않은 노릇이 아니다. 이것은 수룡이도 짐짓 근심이었다. 밤이 깊도록 의논을 하여 보았으나 동네를 피하여 낯모르는 곳으로 감쪽같이 달아나는 수밖에는 다른 묘책이 없었다.

예식 없는 가약을 그들은 서로 맹세하고 그날 새벽으로 그 마을을 떠나, 신미도라는 섬으로 흘러가서 그곳에 안주를 정하였다. 그러나 생소한 곳이므로 직업을 찾을 길이 없었다. 고기를 잡아먹고 사는 섬이라 뱃놀음을 하는 것이 제 길이었으나, 이것은 아다다가 한사코 말렸다. 몇 해 전에 자기네 동네에서도 농토를 잃은 몇몇 사람이 이 섬으로

들어와 첫배를 타다가 그만 풍랑에 몰살을 당하고 만 일이 있던 것을 잊지 못하는 때문이었다.

그것을 아는지라 수룡이조차도 배에는 마음이 없었다. 섬으로 왔다고는 하지만 땅을 파서 먹는 것이 조마구(조막, 작은 주먹) 빨 때부터 길러 온 습관이요, 손 익은 일이었기 때문에 그저 그 노릇만이 그리웠다.

그리하여 있는 돈으로 어떻게 밭날갈이나 사서 조 같은 것이나 심어 가지고 겨울의 불목이와 양식을 대게 하고, 짬짬이 조개나 굴, 낙지, 이런 것들을 캐어서 그날그날을 살아갔으면 그것이 더할 수 없는 행복일 것만 같았다.

그렇지 않아도 삼십 반생에 자기의 소유라고는 손바닥만한 것조차 없어 어떻게도 몽매에 그리던 땅이었는지 모른다. 완전한 아내를 사지 아니하고 아다다를 꾀어 온 것도 이 소유욕에서였다. 아내가 얻어진 이제 비록 많지는 않은 땅이나마 가져 보고 싶은 마음도 간절하였거니와, 또는 그만한 소유를 가지는 것이 자기에게 향한 아다다의 마음을 더욱 굳게 하는 데도 보다 더한 수단일 것 같았기 때문이다.

그런데다 본시 뱃놀음판인 섬인데 작년에 놀구지가 잘 되었다 하여 금년에 와서 더욱 시세를 잃은 땅은 비록 때가 기경시(起耕時)라 하더라도 용이히 살 수 있는 형편이었으므로, 그렇게 하리라 일단 마음을 정하니 자기도 땅을 마침내 가져 보누나 하는 생각에 더할 수 없는 행복을 느끼며 아다다에게도 이 계획을 말하였다.

"우리 밭을 한 뙈기 사자. 그래두 농살 허야 사람 사는 것 같다. 내가 전답을 사려구 묶어 둔 돈이 있거든!"

하고 수룡이는 봐라 하는 듯이 시렁 위에 얹힌 석유통 궤 속에서 지전 뭉치를 뒤져 내더니, 손끝에다 침을 발라가며 팔딱팔딱 뒤져 보인다.

그러나 그 돈을 본 아다다는 어쩐지 갑자기 화기가 줄어든다.

수룡이는 그것이 이상했다. 돈을 보면 기꺼워할 줄 알았던 아다다가 도리어 화기를 잃은 것이다. 돈이 있다니 많은 줄 알았다가 기대에 틀림으로써인가?

"이거 봐! 그래 뵈두 일천오백 냥(일백오십 원)이야. 지금 시세에 밭 이천 평은 한참 놀다가두 떡 먹두룩 살 건데!"

그래도 아다다는 아무 대답이 없다. 무엇 때문엔지 수심의 빛까지 역연히 얼굴에 떠오른다.

"아니, 밭이 이천 평이문 조를 심는다 허구 잘만 가꿔봐! 조가 열 섬에 조 짚이 백여 목 날 터이야. 그래 이걸 가지구 겨울 한동안이야 못 살아? 그러커구 둘이 맞붙어

몇 해만 벌어 봐. 그 적엔 논이 또 나오는 거야. 이건 괜히
생……."

아다다는 말없이 머리를 흔든다.

"아니, 내레 이게 거짓부레기야? 아, 열 섬이 못 나?"

아다다는 그래도 머리를 흔든다.

"아니, 고롬 밭은 싫단 말인가?"

비로소 아다다는 그렇다는 듯이 머리를 주억거린다.

"아다, 시 싫어."

그리고 힘없이 눈을 내리깐다.

아다다는 수룡이에게 돈이 있다 해도 실로 그렇게 많은
돈이 있는 줄은 몰랐다. 그래서 그 많은 돈으로 밭을 산다
는 소리에 지금까지 꿈꾸어 오던 모든 행복이 여지없이 일
시에 깨어지는 것만 같았던 것이다. 돈으로 인해서 그렇게
행복할 수 있었던 자기의 신세는 남편(전남편)의 마음을
악하게 만듦으로써, 그리고 시부모의 눈까지 가리는 것이
되어 필야(必也)엔 쫓겨나지 아니치 못하게 되었던 일을
생각하면 돈 소리만 들어도 마음이 좋지 않던 것인데, 이
제 한푼 없는 알몸인 줄 알았던 수룡이에게도 그렇게 많은
돈이 있어 그것으로 밭을 산다고 기꺼워하는 것을 볼 때,
그 돈의 밑천은 장래 자기에게 행복을 가져다 주기보다는
몽둥이를 가져다 주는 데 지나지 못하는 것 같았고, 밭에

다 조를 심는다는 것은 불행의 씨를 심는다는 것만 같았기 때문이다.

아다다는 그저 섬으로 왔거니 조개나 굴 같은 것을 캐어서 그날그날을 살아가야 할 것만이 수룡의 사랑을 받는 데 더할 수 없는 살림인 줄만 안다. 그래서 이러한 살림이 얼마나 즐거우랴! 혼자 속으로 축복을 하며 수룡을 위하여 일층 벌기에 힘을 써야 할 것을 생각해 오던 것이다.

"고롬 논을 사재나? 밭이 싫으문?"

수룡은 아다다의 의견이 알고 싶어 이렇게 또 물었다.

그러나 아다다는 그냥 힘없는 고개를 주억일 뿐이었다. 논을 산대도 그것은 똑같은 불행을 사는 데 있을 것이다. 돈이 있는 이상 어느 것이든지간에 사기는 반드시 사고야 말 남편의 심사이었음에 머리를 흔들어 댔자 소용이 없을 것이었다. 그리하여 그 근본 불행인 돈을 어찌할 수 없는 이상엔 잠시라도 남편의 마음을 거슬림으로 불쾌하게 할 필요는 없다고 아는 때문이었다.

"훙! 논이 좋은 줄은 너두 아누나! 그러나 가난한 놈에겐 밭이 논보다 나았디, 나아……."

하고 수룡이는 기어이 밭을 사기로 그 달음에 거간을 내세웠다.

그날 밤,

아다다는 자리에 누웠으나 잠이 오지 않았다.

남편은 아무런 근심도 없는 듯이 세상 모르고 씩씩 초저녁부터 자 내건만, 아다다는 그저 돈 생각만 하면 장차 닥쳐 올 불길한 예감에 잠을 이룰 수가 없었다.

이불을 붙안고 밤새도록 쥐어틀며 아무리 생각을 해야 그 돈을 그대로 두고는 수룡의 사랑 밑에서 영원한 행복을 누릴 수 있으리라고는 믿기지 않았다.

짧은 봄밤은 어느덧 새어, 새벽을 알리는 닭의 울음소리가 사방에서 처량히 들려온다.

밤이 벌써 새누나 하니 아다다의 마음은 더욱 조급하게 탔다. 이 밤으로 그 돈에 대한 처리를 하지 못하는 한, 내일은 기어이 거간이 밭을 흥정하여 가지고 올 것이다. 그러면 그 밭에서 나는 곡식은 해마다 돈을 불려 줄 것이다. 그때면 남편은 늘어가는 돈에 따라 차차 눈이 어둡게 되어 점점 정은 멀어만 가게 될 것이다. 그 다음에는? 그 다음에는 더 생각하기조차 무서웠다.

닭의 울음소리에 따라 날은 자꾸만 밝아 온다. 바라보니 어느덧 창은 희끄무레하게 비친다. 아다다는 더 누워 있을 수가 없었다. 옆에 누운 남편을 지그시 팔로 밀어 보았다. 그러나 움찍하지도 않는다. 그래도 못 믿기는 무엇이 있는 듯이 남편의 코에다 가까이 귀를 가져다 대고 숨소리를 엿들었다. 씨근씨근 아직도 잠은 분명히 깨지 않고 있다. 아다다는 슬그머니 이불 속을 새어 나왔다. 그리고 시렁 위의 석유통을 휩쓸어 그 속에다 손을 넣었다. 그리하여 마침내 지전 뭉치를 더듬어서 손에 쥐고는 조심조심 발자국 소리를 죽여가며 살그머니 문을 열고 부엌으로 내려갔다.

그리고는 일찍이 아침을 지어 먹고 나무새기를 뽑으러 간다고 바구니를 끼고 바닷가로 나섰다. 아무도 보지 못하게 깊은 물 속에다 그 돈을 던져 버리자는 것이다.

숫아오르는 아침 햇발을 받아 붉게 물들며 잔뜩 밀린 조수는 거품을 부걱부걱 토하며 바람결조차 철썩철썩 해안을 부딪친다.

아다다는 바구니를 내려놓고 허리춤 속에서 지전 뭉치를 쥐어들었다. 그리고는 몇 겹이나 쌌는지 알 수 없는 헝겊 조각을 둘둘 풀었다. 헤집으니 일 원짜리, 오 원짜리, 십 원짜리, 무수한 관 쓴 영감들이 나를 박대해서는 아니 된다는 듯이 모두들 마주 바라본다. 그러나 아다다는 너 같은 것을 버리는 데는 아무런 미련도 없다는 듯이 넘노는 물결 위에다 획 내어 뿌렸다. 세찬 바닷바람에 챈 지전은 바람결 좇아 공중으로 올라가 팔랑팔랑 허공에서 재주를 넘어가며 산산이 헤어져, 멀리 그리고 가깝게 하나씩하나

씩 물 위에 떨어져서는 넘노는 물결 좇아 잠겼다 떴다 소꿉막질(숨바꼭질)을 한다.

어서 물 속으로 가라앉든지, 그렇지 않으면 흘러 내려가든지 했으면 하고 아다다는 멀거니 서서 기다리나, 너저분하게 물 위를 덮은 지전 조각들은 차마 주인의 품을 떠나기가 싫은 듯이 잠겨 버렸는가 하면 다시 기웃거리며 솟아올라서는 물 위를 빙글빙글 돈다.

하더니 썰물이 잡히자부터야 할 수 없는 듯이 슬금슬금 밑이 떨어져 흐르기 시작한다.

아다다는 상쾌하기 그지없었다. 밀려 내려가는 무수한 그 지전 조각들은 자기의 온갖 불행을 모두 거두어 가지고 다시 돌아올 길이 없는 끝없는 한바다로 내려갈 것을 생각할 때 아다다는 춤이라도 출 듯이 기꺼웠다.

그러나 그 돈이 완전히 눈앞에 보이지 않게 흘러 내려가기까지에는 아직도 몇 분 동안은 요하여야 할 것인데, 뒤에서 허덕거리는 발자국 소리가 들리기에 돌아다보니 뜻밖에도 수룡이가 헐떡이며 달려오는 것이 아닌가.

"야! 야! 아다다야! 너, 돈, 돈 안 건새핸? 돈, 돈 말이야, 돈……!"

청천의 벽력 같은 소리였다.

아다다는 어쩔 줄을 모르고 남편이 이까지 이르기 전에

어서어서 물결은 휩쓸려 돈을 모두 거둬 가지고 흘러 버렸으면 하나, 물결은 안타깝게도 그닐그닐 한가히 돈을 이끌고 흐를 뿐, 아다다는 그 돈이 어서 자기의 눈앞에서 자취를 감추어 버리는 것을 보기 위하여 그닐거리고 있는 돈 위에다 쏘아박은 눈을 떼지 못하고 쩔쩔매는 사이, 마침내 달려오게 된 수룡의 눈에도 필경 그 돈은 눈에 띄고야 말았다.

뜻밖에도 바다 가운데 무수하게 지전 조각이 널려서 앞서거니 뒤서거니 둥둥 떠내려 가는 것을 본 수룡이는, 아다다에게 그 연유를 물을 겨를도 없이 미친 듯이 옷을 훨훨 벗고 첨버덩 물 속으로 뛰어들었다.

그러나 헤엄을 칠 줄 모르는 수룡이는 돈이 엉키어 도는 한복판으로는 들어갈 수가 없었다. 겨우 가슴패기까지 잠기는 깊이에서 더 들어가지 못하고 흘러 내려가는 돈더미를 안타깝게도 바라보며 허우적허우적 달려갔다. 차츰 물결에 휩쓸려 떠내려 가는 속력은 빨라진다. 돈들은 수룡이더러 어디 달려와 보라는 듯이 휙휙 숨바꼭질을 하며 흐른다. 그러나 물결이 세어질수록 더욱 걸음발은 자유로 놀릴 수가 없게 된다. 더퍽더퍽 물과 싸움이나 하듯 엎어졌다가는 일어서고 일어섰다가는 다시 엎어지며 달려가나 따를 길이 없다. 그대로 덤비다가는 몸조차 물 속으로 휩쓸려

들어갈 것 같아 멀거니 서서 바라보니, 벌써 지전 조각들
은 가물가물하고 물거품인지 지전인지도 분간할 수 없으리
만큼 먼 거리에서 흐르고 있다. 그러나 그것도 한순간이었
다. 눈앞에는 아무것도 보이는 것이 없다. 휙휙 하고 밀려
내려가는 거품진 물결뿐이다.

수룡이는 마지막으로 돈을 잃고 말았다고 아는 정도의
물결 위에 쏘아진 눈을 돌릴 길이 없이 정신 빠진 사람처
럼 그냥그냥 바라보고 섰더니, 쏜살같이 언덕 켠으로 달려
오자 아무런 말도 없이 벌벌 떨고 섰는 아다다의 중동을
사정없이 발길로 제꼈다.

"홍앗!"

소리가 났다고 아는 순간 철썩하고 감탕(곤죽처럼 된 진
흙)이 사방으로 튀자, 보니 벌써 아다다는 해안의 감탕판
에 등을 지고 쓰러져 있다.

"이! 이! 이……!"

수룡이는 무슨 말인지를 하려고는 하나 너무도 기에 차
서 말이 되지를 않는 듯 입만 너불거리다가, 아다다가 움
찔하는 것을 보더니 아직도 살았느냐는 듯이 번개같이 쫓
아 내려가 다시 한 번 발길로 찼다.

"푹!"

하는 소리와 함께 아다다는 가꿈선 언덕을 떨어져 덜덜덜

굴러서 물 속에 잠긴다.

한참 만에 보니 아다다는 복판도 한복판으로 밀려가서 솟구어 오르며 두 팔을 물 밖으로 허우적거린다. 그러나 그 깊은 파도 속을 어떻게 헤어나랴! 아다다는 그저 물 위를 둘레둘레 굴며 요동을 칠 뿐, 그러나 그것도 한순간이었다. 어느덧 그 자취는 물 속에 사라지고 만다.

주먹을 부르쥔 채 우상같이 서서 굽실거리는 물결만 그저 뚫어져라 쏘아보고 섰는 수룡이는 그 물 속에 영원히 잠들려는 아다다를 못 잊어 함인가? 그렇지 않으면 흘러버린 그 돈이 차마 아까워서인가?

짝을 찾아 도는 갈매기 떼들은 눈물겨운 처참한 인생 비극이 여기에 일어난 줄도 모르고 '끼약끼약' 하며 흥겨운 춤에 훨훨 날아다니는 깃〔羽〕 치는 소리와 같이 해안의 풍경만 도웁고 있다.

병풍에 그린 닭이

병풍에
그린
닭이

사흘이면 끝을 내던 이 굵은 넉새(석새보다 품질이 조금 더 좋은 베) 삼베 한 필을 나흘째나 짜는데도 끝은 안 났다. 오늘까지 끝을 못 내면 메밀알 같은 그 시어미의 혀끝이 또 오장육부까지 한바탕 할퀴 낼 것을 모름이 아니다. 손에 붙지 않는 베라 하는 수가 없다.

박씨는 몇 번이나 이래서는 안 되겠다 마음을 사려먹고, 놓았다가는 다시 북을 들어 들고 쩽쩽 놓고 쩽쩽 분주히 짜 보나 북 속에 잠긴 실은 풀려만 가는데도 가슴에 얽힌 원한은 맺혀만 가, 그만 저도 모르게 북을 놓고는 멍하니 설움에 잠기게 되는 것이다.

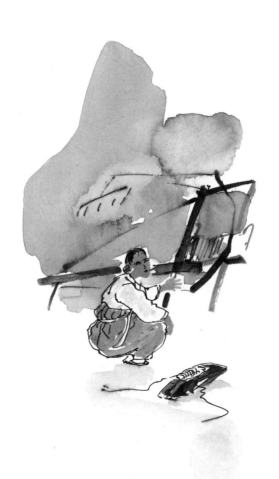

생각하면 참 눈에서 피가 쏟아지는 듯하였다. 하기야 애를 못 낳는 죄가 자기에게 있다고는 하지만 남편까지 이렇게도 정을 뗄 줄은 참으로 몰랐던 것이다. 어떻게도 섬겨 오던 남편이었던고? 돌아보면 그게 벌써 십 년 전——시집이라고 와 보니 남편이란 것은 코 간수도 할 줄 몰라서 시퍼런 콧덩이를 입에다 한 입 물고 홀쩍이지를 않나, 대님을 바로 칠 줄 몰라서 아침 한동안을 외로 넘겼다 바로넘겼다——남이 볼까 창피하여 시부모의 눈을 피해 가며 짬짬이 코를 닦아 주고, 아침마다 대님을 쳐까지 주어 자식같이 길러 낸 남편이요, 그날그날의 끼니에 쫓아 군색하여 먹기보다 굶기를 더 잘하는 가난한 살림살이를 어린 몸이 혼자 맡아 가지고 삯김, 삯베, 생선 자배기는 몇 해나 였으며, 심지어는 엿광주리까지 이어, 그래도 남의 집에 쌀 꾸러는 아니 다니게 만들어 신세를 고쳐 놓은 것이 결코 죄될 일은 없으련만, 이건 다자꾸(무턱대고 자꾸) 애를 못 낳는다고 시어미는 이리도 구박이요, 남편은 이리도 정을 떼는 것이다.

글쎄, 뉘가 애를 낳고 싶지 않아 안 낳나 하고 성주님께 빌기는 몇 번이나 했는데——불공도 드리기를 철따라 게을러 본 적이 없다. 그래도 안 생기는 것을 어쩌자고…….

생각할 때마다 아픈 눈물이 가슴을 찢으며 나왔다.

그러나 그것이 자기의 죄임에는 틀림없다. 집안의 절대(絶代)를 생각해도 그렇거니와, 나이 근 사십에 남 같으면 벌써 아들이라 딸이라, 삼사 형제를 슬하에 올망졸망 놓고 흥지낙지(興之樂之)할 것인데, 도무지 사람 사는 것 같지가 않게 밤낮 수심으로 한숨만 짓고 앉았는 남편이 하도 가긍해서(불쌍하고 가엾어서) 언젠가는,

"이전(이젠) 난 아들 못 낳겠넝거우다. 첩이라두 얻어 보구래."

하니,

"글쎄, 첩을 얻으문 집안이 편안하야디. 그러문 님재레(임자가) 더 불쌍하디 않갔슴마?"

이렇게 자기를 위하여 자제까지 하다 얻은 그러한 첩이다.

그렇게 얻은 첩에게 이제 남편은 빠졌다. 처음에는 그래도 며칠 만에 한 번씩은 자기 방에 들어와 잘 줄을 알더니, 이 봄을 잡으면서는 그림자도 얼씬하지 않는다. 이것이 무엇을 말하는 것일꼬. 시어미야 아무리 구박을 주어도 남편의 정만 있으면 살지 하고 한뜻같이 그 시어미를 섬겨 왔고, 남편은 또 어머니를 글타(그르다) 자기 편을 들어 왔다. 그러나 이젠 남편마저 어머니 편이다. 누굴 믿고 살아야 하나? 아무케서도 첩년보다 자기가 시퍼런 아들을 하나

먼저 낳아, 가시 돋친 시어미의 혀끝을 다듬고 첩년에게
빼앗긴 남편의 정을 온통 끌어다 평화로운 가정을 만들어
놓아야 할 텐데. 그래서 어디 선달네 굿에나 한 번 더 가
서 애를 빌어 보리라 총알같이 별러 왔으나 그것도 임의롭
지 못하다. 어제도 굿 이야기를 했다가 통바리를 썼다. 그
러나 오늘 밤까지 굿은 끝나고 만다. 아무리 생각해도 욕
이 무섭다고 이 좋은 기회를 놓치기는 차마 아깝다. 박씨
는 다시 잡았던 북을 놓고 베틀을 내려 건넌방으로 건너갔
다. 한 번 더 시어미의 의향을 품해 보자는 것이다.

"오마니! 아무래두 굿에 가 보아야갔시오."

시어미는 들었는지 말았는지 머리를 숙인 그대로 겯던
꾸리만 그저 겯을 뿐이다.

"그래두 알갔소, 서낭님(성황님)이 복을 줄디."

"아아니, 요년이 요즘엔 바람이 났나 보드라. 짜래는 베
는 안 짜구 날마다 먼 산만 멍하니 바라보고 앉았더니 글
쎄, 무슨 일을 내구야 말디. 시퍼렇게 젊은 년이 가랭이를
벌리구 서나덜이 우글부글하는 굿 구경을 간다!"

과하다. 가슴이 미어지는 듯하다. 이렇게도 말을 할 수
가 있나? 분한 생각을 하면 마주 대항을 하여 될 대로 돼
라 가슴속에 구긴 분을 풀어도 보고 싶었으나, 시어미의
말대답을 며느리된 도리에 받는 수가 없다.

"아이고, 오마니! 거 무슨 말씀이오? 그래두 내 몸에 자식이 나야 안 되갔소? 온나제[今夜] 오마니 제레 아무래두 명미 한 되만 가지구 가 볼래요."

"아이구 참, 집안이 망헐래문 페난이나(편안하나) 망하디, 메느리 바람 널었대는 소문 냉기구 망할 건 머잉고, 귀때기레 있으문 너두 동네서 너까타나 쉴쉴 허는 소리를 들었갔구나. 에, 이년아."

"놈이야 아무랬댐 멜 허우, 나만 안 그랬으문 되디요. 아무래두 갔다 올래요."

"아, 이년아! 아무래두 갔다 오갔댐엔 나 있는 덴 와 와서 이리 수선이냐? 수선이. 응, 이년이 굿 핑계를 대구 무슨 수를 푸이누라구? 다 알디, 다 알아. 이년, 네 오늘 저녁 선달네 굿엘 어디 갔단 봐라. 내 집 문턱에 발을 못 들여 놓으리라. 볼래(본래) 야(얘)레 미물이디 미물이야. 그래두 네 따운 년을 에미네라구……."

박씨는 더 말하고 싶지 않았다.

만일 남편이 이 소리를 들었으면 나를 화냥년이라고 당장 내쫓을까? 아니, 아무리 정은 첩년에게 갈렸다고 하더라도 십여 년을 같이 살던 내 마음을 몰라 줄 리는 없을 거야. 그 입에 담지 못할 험담으로 나를 집어먹으려는 그 입놀림을 남편이야 마뜩해 곧이들으리! 박씨는 도리어 남편이 이 소리를 좀 들었더라면 오히려 속이 시원할 것 같다. 아무리 몰인정한 사람이기로 애매한 누명을 뒤집어쓰는 이 나를 보고 짐승이 아닌 다음에야 내 이 터져 오는 가슴을 마음으로라도 어루만져는 주겠지 하니 남편이 그립기 그지없다. 장에서 돌아오기만 하면 이런 소리를 반반이 외워 바치고 가슴속에 서린 분을 풀어 보고 싶다. 그래서 남편이 내 맘을 알아만 준다면 명미도 아니 줄 리 없을 것이니…….

생각을 하며 박씨는 가슴에 넘쳐흐르는 울분을 삼키고 다시 베틀로 돌아왔다.

참으려야 참을 수 없는 눈물이 가슴을 할퀴기 시작한다. 마음 놓고 실컷 울기나 하면 분이 풀릴까, 참기도 어려웠으나 참으려고도 아니하고 그냥그냥 울다 보니 벳바닥 위에는 어느새 은하수같이 길다란 해 그림자가 꼬리를 길게 달고 가로누웠다.

벳바닥 위에 해 그림자가 가로누우면 또 저녁을 지어야 하는 것이다. 박씨는 치마폭을 걷어 눈물을 씻고 일어섰다.

저녁을 먹고 나서도 남편은 돌아오지 않는다. 이제나 돌아오려나, 문 밖에 나서니 은은히 들려오는 선달네 굿 소리!

둥 둥 둥둥둥!

둥 둥 둥둥둥!

한창 흥에 겨워 치는 장구 소리다.

이 소리에 박씨의 마음은 더욱 초조하다. 그래도 달려가기만 하면 신령님은 복을 한 아름 칵 안겨 줄 것 같다.

아이, 그이가 오늘은 또 속상하는 김에 술을 잡수셨나보지. 들락날락 기다리나 어둠이 짙어 가는데도 돌아오는 기척이 없다. 박씨는 안타까웠다. 어둠은 점점 짙어 가는데 그러다 굿이 끝나면 하는 생각은 그대로 참지를 못하게했다. 아이를 못 낳는 한 그러지 않으면 시어미의 그 욕을면해 볼 도리가 있을까? 시어미 눈이야 얼마든지 피해 갈수 있을 것이나, 시어미의 치맛끈에 매달린 고방문 쇠를어찌할 수 없음에 복을 빌 명미를 낼 수 없음이 자못 근심일 따름이다. 그러나 그렇다고 또한 이 밤을 그대로 보낼수는 없다. 생각다 못하여 박씨는 애지중지 농 밑에 간직해 두었던 은바늘통을 뒤져 냈다. 이것은 어머니가 시집올때 노리개도 못해 주는데 이것이나 하나 해 가야 된다고옥수수 엿 말을 팔아서 만들어 준 것으로, 자기의 세간에있어선 다만 하나의 보물이었다. 그러나 박씨는 이제 자식을 빌려 가는 명미의 밑천으로 그것을 팔자는 것이다.

바늘통을 뒤져 든 박씨는 한 점의 미련도 없이 그것을

들고 동구 앞 주막집 뚜쟁이 늙은이를 찾아가 일금 이 원에 팔아서 입쌀 한 되, 백지 두 장을 사들고 부랴부랴 선달네 굿터로 달려갔다.

굿은 한창이었다. 사내, 계집, 어린이, 큰애, 늙은이, 젊은이 할 것 없이 동네 사람들은 거의가 다 모인 성싶게 마당으로 하나이 터질 듯 둘러섰다. 보니 그 앞에선 떡이라 고기라 즐비하게 차려 놓은 상을 좌우로 놓고 남색 쾌자(快子)에 흰 고깔을 쓴 무당이 장구에 맞추어 흥겨운 춤이 벌어져 있다.

박씨는 선달네 마누라에게 온 뜻을 말하고 놋바리 두 개를 얻어 담뿍담뿍 쌀을 담아 정하게 백지를 깔고 굿상 위에 바쳐 놓았다.

복을 빌러 온 사람은 박씨 자신만이 아니었다. 남편이 앓아서 무꾸리(무당이나 점쟁이에게 길흉을 점치는 일)를 온 색시, 자손들을 잘살게 해 달라 공을 드리러 온 늙은이, 소를 잃고 점을 치러 온 사내—— 무어라 무어라 꼽을 수 없이 수두룩하다.

무당은 춤을 한참 추고 나더니, 복 빌러 온 사람들을 차례로 불러 복을 주기 시작한다. 박씨는 여덟 번째이었다.

"야들아!"

큰무당은 한참 장구에 흥겨운 시내들은 소리쳐 부른다.

"에에이!"

"어허니야, 시내들아! 너희들 들어 봐라. 김해에 김만복이 서얼훈에 무자하야 목욕 재계 사흘 후에 성주님께 자식 빌러 명미 놓고 등대했다. 성주님을 모셔다가 오옥동자 금동자를 오늘루서 주게 해라. 자아 노자! 노자 노자아하!"

큰무당은 다시 팔을 벌려 춤을 울신울신 추기 시작하니 시내들은 또 엉덩춤에 장구다.

둥둥 둥둥 둥둥둥…….

둥둥 둥둥 둥둥둥…….

큰무당은 한참이나 춤을 추고 나더니 박씨를 불러 자기가 입었던 쾌자를 벗어 입히고 고깔을 씌운다.

박씨는 자못 그것이 사람 많은 가운데서 부끄러운 노릇이나, 그것을 가릴 채비가 아니다. 무당이 시키는 대로 정성껏 받지 않으면 안 된다. 그러나 다만 한 가지 근심은 추어 보지 못한 춤이라 어떻게 팔을 벌리고 다리를 놀려야 할지 알 수 없는 것이요, 그것이 서툴러서 뭇사람들의 웃음거리가 되면 하는 것이 순간 낯을 붉히었으나, 자식을 비는 춤이어니 하면 저도 모르게 온 정신이 춤에만 쏠려들었다.

"성주님 오셨나이까. 김해에 김만복이 일전에 자식 빌러 가노이다. 금동자를 주옵소서. 금동자를 주옵소서. 야들아! 시내들아! 자―― 때려라. 노자 노자――."

"에에이!"

큰무당의 호령에 시내들은 또 일제히 받으며 춤 장구를 울린다.

"쿵!"

박씨는 한 팔을 들었다.

"쿵! 쿵! 쿵덕쿵!"

장구 소리에 맞추어 박씨의 팔은 올라가고 내려오고, 처음 그 한 팔을 들기가 힘이 들었지 들고 나니 아무것도 아니다. 들었다 놓았다 춤도 아주 곱다.

얼마 동안을 추고 난 뒤, 큰무당은 또 시내들을 불러 장구 소리를 멈추게 하고 박씨를 붙들어 쾌자와 고깔을 벗긴 다음, 명미 바리의 쌀을 한 줌 집어내어 공중으로 올려 던졌다. 다시 그것을 잡아 가지고는 그것이 쌍이 맞나 안 맞나를 검사하여, 안 맞으면 버리고 맞으면 박씨를 준다. 그러면 박씨는 그것을 받아서 잘근잘근, 그러나 경건한 마음으로 씹어서 삼킨다. 그것이 복인 것이다. 무당은 그 쌍이 맞는 쌀알이 박씨의 나이와 같이 될 때까지 몇 차례를 거듭하고 나더니,

"어허니야아…… 어허니야아……."

큰무당은 춤을 얼신얼신 추며,

"성주님이 김해에 김만복이 무자하사 천복 다복 다 주시다. 서른여섯 쌍이 다 맞아떨어졌다. 옥동자 금동자가 멀지 않아 생기리라. 성주님을 박대 마라. 서낭님을 박대 마라. 야! 박씨야아!"

하더니 굿상 위에 괴어 놓았던 흰떡 한 개를 박씨의 치마를 벌리래서 집어넣는다.

"이건 금동자니라."

또 한 개를 집어넣고,

"이건 옥동자니라."

그리고 나서 냉큼냉큼 금 세 개를 연거푸 집어 주며,

"옥동자 금동자 오형제를 두었더라. 이 복 받아 성주님께 물러 주고 성공을 드려라, 아아하아!"

하니 박씨는 받은 떡을 떨어질세라 조심히 치맛귀를 둘러싸 안고 대문으로 빠져 집으로 돌아왔다.

그리고는 무당이 가르친 대로 뒤란 밤나무 밑 구석 오쟁이(짚으로 만든 작은 섬)에 싸들고 온 떡을 정성스레 하나하나 집어넣고 공손히 읍(揖)을 하여 허리를 굽혀 절을 하였다.

"성주님! 아무케두 자식을 낳게 해 줍소사."

또 한 번 절을 하고 나서,

"시어머니 마음을 고쳐 줍소사."

또 절을 한 다음,

"남편을 제 방으로 건너오게 해 줍소사."

그리고 또 한 번 절을 하고는 조심조심 물러나 뒤란을
돌아왔다.

변씨의 방에는 불빛이 익은 꽈리처럼 지지울리게 창을
비친다.

남편이 장에서 돌아왔나 가만가만히 문 앞으로 걸어가
엿들으니 사람이 없는 듯이 방 안은 고요한데, 남편의 고
무신도 변씨의 그것과 같이 가지런히 토방 위에 놓여 있
다. 돌아오기는 왔다. 그러나 아직 잘 때는 아닌데 왜 이
리 조용할꼬? 해어진 창 틈으로 가만히 엿보니 남편은 술
이 취한 양 아랫목에 번듯이 누웠고, 변씨만이 등잔 앞에
펄적이 앉아 남편의 해진 양말 뒤축을 꿰매고 있다.

박씨는 전에 달리 남편이 더욱 그리웠다. 행여나 오늘
밤은 제 방으로 건너와 주무시지 않으시려나? 자기의 돌아
온 뜻을 알리려고,

"아까 어둡뚜룩 안 돌아오시더니 언제 돌아오셨나."

하며 벌컥 열었다.

그러나 남편은 세상 모르게 잠에 취했고, 변씨가 한번
힐끗 마주 쳐다보더니,

"아니! 이 밤뚱에 함자 어딜 갔더렀소!"

가시가 숨은 말을 그저 한 번 던질 뿐 눈은 다시 양말 뒤축으로 떨어진다. 남편이 그리운 생각을 하면 그 옆에라도 좀 앉았다 나오고 싶었으나 눈엣가시같이 변씨가 거슬린다.

"술을 또 잡샀디?"

박씨는 남편의 얼굴을 한 번 들여다보고는 돌아나와 자기 방으로 건너왔다. 등잔에 불을 켜고 앉으니 울적한 마음 더한층 새롭다. 이불도 펴 놓을 생념이 없어 그대로 초조하게 앉아서 혹시 남편의 잠이 깨지나 않나 정신을 변씨 방으로만 모았다.

그러나 아무리 앉아서 기다려야 남편이 깨는 기척은 들리지 않는다. 한 번 더 건너가 보리라 문을 여니 어느새 변씨 방에는 불이 없다. 불 없는 방에 건너가선 안 된다. 우두커니 문을 열어 잡고 새카만 변씨 방을 건너다보는 박씨의 마음은 안타깝기 그지없었다. 울고 싶도록 마음은 아프다. 그러나 할 수 없는 일이다. 서러운 한숨을 저도 모르게 꺼질 듯이 쉬고 힘없이 문을 되닫았다.

새벽녘에야 겨우 눈을 붙였던 박씨는 참새 소리에 그만 잠이 깨었다. 처마 밑에 배겨 자던 참새가 포득포득 기어 나올 때면 아침밥 채비를 하여야 되는 것이 습관적으로 그의 잠을 깨우는 것이었다.

박씨는 졸음에 주름지는 눈을 애써 비벼 뜨며 뒤란으로 돌아가 재 삼태를 들고 부엌으로 내려갔다.

그러나 부엌에 발을 막 들여 놓으려는 순간, 박씨는 뜻밖의 사실에 놀라고 문득 걸음을 세우지 않을 수 없었다. 어느새 언제 나왔는지 전에 없이 시어미가 부엌에 나와 앉아서 쌀을 일고 있는 것이었다. 이상한 일이다. 박씨는 한참이나 그것을 멍하니 바라보다가,

"아니, 오마니! 와 일즉언이(일찍이) 나오셨소."

한 발을 마저 문턱 너머로 들여놓았다.

시어미는 일던 쌀만 그저 일 뿐 아무 대답도 없다.

"아이구, 오마니두! 아침엔 요즘두 추운데."

박씨는 자기가 쌀을 일려고 함박을 붙들었다.

"해가 대낮이 되도록 자빠져 자다가 이제야 나와서 이리 수선이야, 이년이! 어드메 가서 밤을 밝혀 개지구 와선…… 너 같은 더러운 년이 짓는 밥은 이젠 더러워 먹을 수 없다. 이거 썩 놔? 어즌나젠(昨夜) 어드멜 갔든 게냐, 이년!"

박씨는 쥐었던 함박을 놓지도 주지도 못하고 섰다.

"야, 이년이 더럽대두 안 나가구 버티구 섰네. 안 나갈 테냐? 그래, 야, 있네? 야! 야! 만복이 있네? 아, 이년을 그래, 그대루 둔단 말이가? 계집년이 밖에 나가 밤을 새고

들어온 년을!"

시어미는 소리를 질러 아들을 부른다.

이에 응하여 쿵 하는 건넌방 문소리가 난다고 듣고 있는 순간, 턱 하는 소리와 같이 박씨는 함박을 쥔 채 부엌 바닥에 엎드러졌다. 어느새 남편은 달려와 발길로 사정없이 중동을 제꼈던 것이다.

"이년! 이 개만두 못한 쌍년! 어즌나젠 어드메 갔드랜? 나래는 새끼는 못 낳구 한다는 게 서방질이로구나 잉? 이년! 제 서나두 모르게 바늘통을 내다 팔아 개지구 밤을 새와 들어오는 년이 화냥년이 아니구 그럼 뭐이가? 바늘통을 몰래 팔문 내레 모를 줄 알았든? 내레 주막에서 다 들었어. 이년, 그래, 내레 이년을 에미네라구 데리구서, 에! 참 분하다."

박씨는 기가 막혔다. 정은 변씨한테 빼앗겼다 하더라도 그래도 어디론지 한껏 믿고 있던 남편의 입에서 이런 말이 나올 줄은 참으로 몰랐다. 아무리 시어미가 불어넣었기로서니 밉지만 않다면야 이런 행동까지는 차마 없었을 것이다. 분한 생각을 하면 이 자리에서 죽더라도 같이 맞싸워 보고 싶으나 그래도 남편이다. 그래서는 안 된다.

"아니, 여보! 이게 무슨 일이오? 난 당신이 이렇게 내 속을 몰라줄 줄은 몰랐수다레. 굿이 어즌나제꺼지래기 당신은 당(장)에 가서 오시지 않구 해서 아, 거길 갔다가 이내 와서 잤는데 뭘 그르우?"

박씨는 아무렇지도 않다는 듯이 치마를 털고 일어서서 청백한 나를 좀 보아 달라는 듯이 남편의 턱 아래로 기어들었다.

"이전 네까짓 쌍년 소리, 백 번 해두 곧이 안 듣겠다. 이 쌍년 같으니, 썩 게나가라."

그 억센 손이 끌채를 덥석 감아 쥐는가 하더니 사정없이 흔들며 끌어낸다.

"이년! 다시 내 집에 발길을 또 들여놓아라. 어디 가서 돼지든지 도와허는(좋아하는) 놈허구 맞붙어 살든지 내 집엔 다시 못 두로리라."

휙 잡아 둘러 놓으니, 박씨는 넘어지지 않으려고 비칠비칠 힘을 주다 못해 개바자(갯버들 가지로 발처럼 엮은 물건으로 울타리를 만드는 데 씀) 굽에 나가자빠진다.

박씨는 다시 일어나고 싶지도 않았다. 그냥 그 자리에서 죽고 싶었다. 남편에게까지 이 더러운 누명을 쓰고 살아서는 무엇하나? 차라리 죽는 것이 편하리라. 그러나 목숨을 임의로 하는 수가 있나? 죽지 못할 바엔 남이 볼까 창피하다. 박씨는 일어났다.

그러나 대문은 걸렸다. 갈 데가 없다. 갑자기 몰렸던 설움이 물에 밀리는 모래처럼 터져 나왔다. 친정이나 있으면 남같이 어머니나 찾아가지 않겠나? 아버지의 뒤를 좇아 어머니마저 돌아가신 지 오래다. 박씨는 생각다 못해 이 집에서 학대를 받고 붙어 사느니보다는 어디로든지 가는 것이 차라리 편하리라. 가다가 죽으면 죽고 살면 살고, 아무리 계집이기로 제 몸 하나야 치지 못하리. 또 치기 어려우면 시집이라두 가지. 남이라구 두 번 세 번 서방을 얻을까? 에구, 그 시어미, 딸년, 첩년의 눈독——그만한 시집이야 어딜 가면 없으리, 생각을 하며 박씨는 마을을 어이 돌아 신작로 큰길을 더듬어 나섰다.

하지만 무슨 미련이 뒤에 남았는지 차마 발길이 앞으로 내달아지지 않았다. 한 걸음 두 걸음 촌중(村中)을 살펴보고, 그리고 자기의 집을 찾아내고는 눈물을 흘렸다. 그런데다 방향조차 없는 길이다. 가다가는 산모퉁이에 힘없이 주저앉아 한숨을 짓다가는 다시 일어서 걷고 걷다가는 또 쉬고 하기를 몇 번이나 반복을 하다가, 이윽고 해는 저물어 색시적에 같이 엿장수를 다니던 조씨라는 엿장수 늙은이의 집을 찾아 들어가 그날 밤을 쉬기로 하고 저녁을 얻어먹었다.

그러나 먹고 누워서 피곤을 풀며 가만히 생각해 보니 자기가 이까지 떠나온 것이 열 번 잘못 같게만 생각되었다. 비록 갈 데는 없으되 어디나 가서 자리를 잡고 정을 붙이면 못살 것은 아니지만 아무리 악한 시어미요, 이해 없는 남편이라 하더라도 이미 자기는 그 집 사람이었다. 어떠한 고초가 몸에 매질을 하더라도 그것을 무릅쓰고 그 집을 바로세워 나가얄 것이 자기의 반드시 하여야 할 의무요, 짊어진 책임 같았다. 욕하면 먹고, 때리면 맞자. 욕도 매도 다 참으면 그만이 아닌가. 내가 왜 그 집 대문을 떠나 시퍼렇게 젊은 년이 뉘 집이라고 이 늙은이네 집에서 자려고 할까? 그만한 것을 참지 못하여 마음을 달리 먹고 떠나온 것이 여간 마음에 뉘우쳐지는 것이 아니다. 병풍에 그린 닭이 홰를 치고 우는 한이 있다 하더라도 나는 그 집은 못 떠나야 옳다. 죽어도 그 집에서 죽고, 살아도 그 집에서 살아야 할 몸이다.

박씨는 다시 발길을 돌렸다.

이미 어둡기 시작한 날이라 이십 리나 걸어야 할 밤길이 적이 근심되었으나, 가다가 죽는 한이 있다 하더라도 아니 돌아설 수가 없었다. 아득한 밤길을 헤엄이나 치듯 질팡질팡 어둡쓰러 마을 앞까지 이르렀을 때는 밤은 이미 자정에 가까웠으리라 고요한 정적에 잠겼는데, 이따금 개 소리만이 컹컹하고 건너 산에 반향을 일으킨다.

박씨는 요행히 주막집에 불이 켜 있는 것을 보고 달려가 아직 주머니 귀에 남아 있는 바늘통을 판 밑천으로 양초 두 자루, 백지 다섯 장을 사들고 우선 뒷산 서낭당으로 올라갔다. 자기의 지금까지의 그 잘못을 서낭님께 뉘우쳐 보자는 것이다.

초에다 불을 켜서 서낭님의 앞에 가지런히 한 쌍을 꽂아 놓고 공손히 읍을 하고 서서 오늘 하루의 지난 일을 눈물을 흘리며 뉘우쳤다.

그리고 시어미의 마음을 고쳐 달라 빌고 남편을 이해시켜 달라 빈 다음, 아무케 해서도 자손을 보게 하여 남편의 그 수심을 하루바삐 풀게 해 주고 집안의 대를 이어 달라 간곡히 빌었다. 그리고 다시 절을 하고 나서 백지 다섯 장을 연거푸 소지(燒紙)를 올렸다.

그런 다음 집으로 발길을 돌리며 내려다보니 남편의 방에도 시어미의 방에도 아직 불은 빨갛게 켜져 있는데, 오직 자기의 방만이 홀로 어둠에 싸여서 어서 주인이 돌아와 밝혀 주기를 기다리는 듯하였다.

박씨는 불빛을 향하여 걸음을 재촉했다.

개 짖는 소리가 사탁 아래 또 들린다.

캥거루의 조상이

캥거루의
조상이

1

실제(實際)를 이상화(理想化)하기는 쉬워도 이상을 실제화하기는 그렇게도 어려운 듯하다.

문보가 약혼을 하였다는 것은 자신이 생각할 적에도 이상과는 너무 멀었던 것이다.

'내가 약혼을 하다니!'

앞길의 판재(判裁)에 현재를 더듬어 미래를 내다볼 땐 천생에 죄를 지은 듯이 마음이 두렵다.

멘델의 유전학적 법칙은 완전히 무시할 수 있다 하더라

도 정문보가(鄭文輔家)의 유전적 내력은 무시할 수 없는 것이다.

쩜손이, 절름발이, 곱사등이, 앉은뱅이, 애꾸눈이 —— 대대로 이런 불구자를 계승하여 내려오는 가계(家系)에서 자기따라 이목구비가 분명하고 사지 백체가 제대로 가진 인간으로 대를 가시어 놓기 바랄 수 있을 것인가?

오십여 생을 손이 묶인 듯이 쓸 수 없던 쩜손이 아버지의 불행에 비하면 한 눈이 먼 자기는 행복된 인간이라고도 할 수 있으나, 차라리 한 눈이 마저 멀어 세상의 모든 것을 애초에 볼 수가 없었더라면 얼마나 행복된 일이었을까? 불구의 고민을 잊을 때가 없거니, 이제 자기의 불구한 고민에 비추어 볼 때 이러한 불행한 생명을 세상에 내놓아 자기와 같은 고민 속에서 일생을 보내게 한다는 것은 몇 번이고 생각해도 그것은 인생에 대한 죄악이었다.

자기 한 몸을 희생하여 불구의 불행한 씨를 근절시켜 놓는 것이 차라리 그들의 행복이리라. 결단코 결혼을 하여서는 아니 된다. 인생의 반생을 한뜻같이 독신으로 살아온, 아니 영원히 살려던 문보였다.

비록 한 눈은 멀었을망정 그것이 흉하여 자수의 짙은 안경을 매양 끼고 있으니 좀 건방져는 보일망정 문보가 불구한 인간인 줄은 꿈에도 모르고, 그 나머지 부분의 붙음붙음이 분명하고 고르게 정리된 뚜렷한 용모와 체격의 남자다운 늠름한 품격이 남달리 이성에의 흠모의 적(的)이 되어 동경의 학창 시대엔 결혼 신청을 받기도 실로 수삼 차에만 그친 것이 아니었건만, 이런 것들을 물리치기에는 조그마한 혼란도 없이 그의 생각은 철저하였다.

눈에 들고자 갖은 아양을 피워 가며 계집으로서의 온갖 미를 아낌없이 자기의 앞에서 떨어 낼 때, 인생의 본능에 자극을 아니 받을 수 없어 그것을 이겨 내기란 참으로 괴롭지 않은 것이 아니었다.

한번은 동경에서도 이름난 미인으로 유학생들의 입에서 오르내리고 있던 금봉으로부터 열렬한 사랑의 편지를 받았을 때, 그리고 자기를 위하면 아까운 것 없이 바치기를 아끼지 않으려 할 때, 금봉의 미모와 정열에 청춘의 마음이 본능적으로 휘어 들어감을 억제치 못하여 하마터면 실수를 할 뻔한 적도 있기는 있었다.

그러나 한번 문보의 불구한 부분을 찾게 됨으로써 금봉은 그만 실색을 하고 돌아서서는 다시 찾아 주지를 않던 것이 지금도 다행한 일이었다고 생각하여 오거니와, 그 후부터 문보는 이성에 대한 교제는 더한층 각별히 주의를 하여 왔다. 학창 시대에 동경서 같이 노닐던 벗들은 학업을 필하고 고향으로 돌아와 모두 결혼들을 하여 벌써 아들딸을 둘씩이나 둔 사람도 있었건만, 문보는 애써 결혼에까지는 맘을 두지 않아 왔다.

그러나 미자와의 교제가 두터워 갈 때, 그것은 지난 겨울이었다.

하루는 새로 발표한 창작에 대하여 뜻 아니한 미지의 여성으로부터 한 장의 찬사를 받게 된 것이 그의 맘에 밈을 돌린 시초다.

문단에 나선 지 칠팔 년, 작품을 발표한 수도 적지 않건만 불구한 성격이 빚어낸 그의 독특한 인생관 —— 남달리 이상한 그 문체, 그 주의는 언제나 독자의 이해 밖〔外〕에 악평의 적(的)이 되어 유명무명간에 들어오는 투서는 누구의 것이나 판에 박은 듯이 욕으로 일관된 그 속에서 미자의 편지를 찾은 것은 확실히 한 가닥의 기쁨이었다.

비로소 예술의 이해자를 찾은 문보는 미자란 이름을 잊을 길이 없어 염두에 두고 지내 오던 어느 날, 돌연히 또한 그 여자의 방문을 받은 것으로 교제는 시작이 되었다.

그러나 가끔 만난대야 문단과 예술 방면의 이야기로 만족할 수 있던 미자는 차츰 그것만으로는 만족할 수 없는 의미를 은근히 비치기도 했다.

하지만 문보는 그저 모르는 듯 냉정했다.

그러나 미자의 정열은 식은 것이 아니었다. 마침내는

하려는 말을 기어이 하고야 말았다.

"선생님! 전 선생님을……."

듣기에 놀라운 소리였으나 엷은 강철같이 떨리는 음향은 그다지도 문보의 마음을 당기었다.

이럴 때면 문보는 인생의 행복을 멀리 등진 불구의 고민과 싸우지 않을 수 없었다. 괴로움에 그의 마음은 탔다.

"선생님, 선생님……."

못 견딜 듯이 정열에 타는 미자의 눈, 매어나 달리는 듯한 아양에 떨리는 몸부림 —— 그래도 문보의 마음은 휘지 않았다.

"나를 잊어 주시는 것이 차라리 행복이리다. 나는 당신을 사랑할 자격을 잃고 있습니다."

"건 저를 모욕하시는 거예요, 자격이 없으시단……."

"아니 정말 자격이 없습니다. 나는 솔직히 말합니다만 불구자입니다."

미자는 문득 놀라고 더 말이 없다.

"거짓말을 왜 하겠습니까. 나는 한 눈이 좀 부족합니다."

문보는 어디까지든지 미자의 마음을 돌리게 하기 위하여 숨김없이 사실 그대로를 말하였다.

그러나 이 소리를 들은 미자는 그것만으로는 불구자랄

것도 없다는 듯이 금시에 낯갗은 다시 화기에 물들며,

"네, 건 예전부터 알고 있었어요. 전 뭐……."

"……."

"전 뭐, 선생님의 마음에 움직인 것 같아요. 사람을 용모로 따진다면 그건 결국…… 네? 전 선생님을……."

놀란 것은 도리어 이쪽이었다. 불구자인 줄은 알면서도 사랑한다! 맘을 사랑한다는 말이다. 사람을 외모로써 찾으려 하지 아니하고 마음으로 찾는 미자, 미자는 그런 사람을 찾는다! 이 세상이 미자같이 참되다면 자기는 결코 불구한 사람이 아니다. 자기의 마음을 아는 사람은 다만 미자를 본다. 왜 버젓이 눈을 내놓지 못하고 미자 앞에서 가리고 다니었던가? 이제 그것이 부끄럽기까지 하다. 그렇게도 열렬하게 사랑하던 금봉이가 한번 자기의 불구한 부분을 찾자부터는 그만 실색을 하고 말던 것에 미루어 보면 미자는 범인을 초월한 초인적 존재와도 같았다. 무엇인지는 꼬집어 말할 수 없으나, 불구의 고민 속에서 오늘까지 찾아오던 진리는 비로소 미자의 마음속에서 찾은 것 같았다. 그리고 미자의 마음과 자기의 마음과는 떼려야 뗄 수 없는 한 개의 물체로 융합이 되는 듯 휘어 들어갔다.

마음의 힘이란 그렇게도 센 것일까. 장래의 문제엔 마

음을 보낼 여유도 없이 실로 그 일순간에 사랑의 관계는 맺히고 약혼은 성립이 되었던 것이다.

그러나 마음의 융합이기로 유전적 법칙이 무시될 리는 없는 것이다. 이것이 그 후에 따르는 문보의 고민이었다.

2

날마다 근심은 더해 왔다.

'불행의 씨가 생기지 않았나?'

생각과 같이 그것은 따라오고 마음은 두려웠다.

'며칠 동안에야 무에 그리 쉽게 생겼을꼬?'

그러나 그것은 두려움의 자위요, 보증할 수는 없다.

'단연히 파혼을 해야 돼.'

언제나 생각하다가는 이렇게밖에 더 맺혀짐을 찾지 못하던 그 결론이 지금도 다시 돌아와 맺힘을 당연한 일이라고 문보는 마음속에 따져 보다가도, 그러나 이미 씨가 들어 있는 몸이었다면 그 곤란할 것 같은 처리에 다시금 생각은 얼크러져 보면 알기나 할 것인 듯이 치맛감을 마르고 있는 미자를 힐끗 치어다보았다.

"이 치마빛은 봄빛보다는 좀 짙지?"

자기로 인하여 문보의 마음속에는 커다란 난이 일어난 줄도 모르고 미자는 혼자 즐거움에 엉뚱한 질문을 들이댄다.

문보는 하고 싶은 대답도 아니었으나 실상은 대답할 수도 없는 질문이매 잠자코 말았다.

"봄빛은 물빛보다도 짙어야 산뜻한데 그런 게 원 있어야 말이지."

아무래도 그것은 마음에 개운치 않은 빛인 듯이 뒤적거리던 치맛감을 홀홀 털어 허리에 두르고 잠깐 아래위를 훑어보며, 그리고 보아 달라는 듯이,

"아무래두 빛이 좀 짙지?"

하기 싫은 대답이라고 세 번째나 못 들은 척할 수는 없다.

"옥패두 뭐, 그런 빛을 입었던데?"

"아이, 어쩌나!"

"뭣이?"

"옥패가 이런 빛을 입으면 난 못 입어."

"건 또?"

"옥패야 벌써 애를 낳지 않았수? 애를 낳으면 맘도 늙는다우."

"그러면 그 치맛감은 두었다 애를 낳아야 입겠군."

"싱겁긴!"

"싱겁긴 뉘가 싱거운데? 그렇게 뻔히 알면서 그런 치맛

감을 사올 때야 애가 그리워 기저귀를 마련하는 격이
……."

"아이, 망칙두 쉐 —— 뉘가 뭐 애를 낳겠대나! 바스럭
거린다니께 꼬집지, 흐응!"

"배면 안 낳고 배길 장사가 있어, 그래?"

"글쎄, 난 죽어두 앤 안 낳을 테야."

이 말은 결코 아직 애는 안 밴 말이다.

우연한 문답에서 문보는 어렵지 않게 미자의 뱃속을 들
여다볼 수 있었다.

순간, 문보는 얼크러졌던 마음의 고삐가 스르르 하고
풀리며 결론은 다시 굳어졌다.

'당장 파혼을 해야 돼.'

"애를 배면 청춘이 간답니다."

그러나 문보는 이론을 더 앞으로 계속하려고도 아니하
고 그저 파혼을 하여야 된다는 데만 열이 올라, 다시 더
여기에 마음이 돌지 말고자 아주 굳혀 버리기로 벌떡 일
어서 테이블을 마주하고 의자에 하반신을 묻었다.

어제 저녁에 배달된 신문이 그대로 테이블을 덮고 있
다. 집어드니 마음은 먼저 학예면을 더듬고, 눈은 이 달의
창작평에 멎는다.

가장 회심의 작이라고 자처하고 싶던 이번의 작품도 자

기의 것만은 또 악평의 대상이었다. 도대체 무슨 소린지
이런 작품은 아마 인류 사회 이후에는 몰라도, 인류의 역
사가 있기까지는 이해할 수 없을 것이라 단언을 내렸다.

반드시 비평가만이 작품을 바로 본다고 믿을 것은 아니
로되, 벗들 사이에서도 이미 이러
한 의미의 말을 여러 번 들

어왔고, 또 며칠 전에는
미지의 독자들로부터
도 역시 같은 뜻의
서면을 받았던 것을
미루어, 이제 그 평
점이 일치됨을 찾고
문보는 일반의 이해
에 벗어나는 자기의
예술에 다시금 우울함을
느끼었다.

자기가 보는 인생관, 사회관은
이 세상에서는 이렇게도 이해를 못 가지는 것이다. 그만
큼 자기는 현실 사회와는 인연 먼 존재 같다. 그러나 일반
의 이해를 잃었다 하여 자기의 마음을 결코 슬퍼하고 싶
지는 않다. 도리어 현실을 비웃고 싶은 마음이다.

그러나 마음에 공명하는 이 없으니, 자기가 옳다는 데는 자만심이 꺾이지 않아도 마음을 통하여 즐거움을 느낄 수 있는 집단 속에 사는 개인의 심정으로서는 아니 고적할 수가 없었다.

문보는 그 작품이 실린 잡지를 집어들고 자기의 작품을 다시 한 번 읽어 본다. 구절구절이 도리 정연한 문장이다. 한 사람의 불구자의 입을 빌어 현실 사회를 상징적으로 표현시킨 그 시미창일(詩味漲溢)한 문장 속에 스스로 취하여 자기도 모르게 무릎을 쳤다.

그리고 다음 순간, 문보는 문득 놀라고 눈앞에 나타나는 미자를 보았다. 써 놓은 원고를 한 장 한 장 옆에서 읽어 주고 정리하여 주던 미자가 과연 하는 솜씨라고 그 조그마한 무릎을 연거푸 세 번이나 치던 그 구절이, 역시 그 구절이었던 것을 문득 생각하는 까닭이다.

그리고 보니 이 작품을 읽은 사람은 많았으되, 이 작품의 이 구절에 저자인 자기가 무릎을 쳤고, 그리고는 다만 미자가 쳤을 따름이다. 그렇게도 미자는 자기의 예술에 공명을 갖는다. 이해를 잃은 고독한 마음에 오직 미자로부터 공감을 받는 것이 새삼스럽게 느껴지는 듯 미자가 마음에 든다. 그리고 그런 미자와의 파혼이 차마 아까움을 순간 느낀다. 언제라도 미자의 마음은 싫지 않을 것 같고, 생애에 있어 미자는 영원한 마음의 반려일 것 같다. 이해를 잃은 곳에 생활의 윤택은 없다. 사는 것이, 잘사는 것이 희망일진댄 이해하는 자를 차 버리는 것은 스스로 파멸을 도모하는 것과도 같다. 가뜩이나 침울한 생활은 미자를 잃을 때 그 얼마나 더할 것일까?

못 견디게 아까운 마음에 문보는 파혼에까지 결론을 지었던 이론을 다시 이렇게도 전도시켜 보았다.

그러니 그적에는 그 뒤에 따르는 두려운 그 유전.

문보는 가리기 어려운 괴로운 마음에 아프게 몸을 비틀
었다.

3

"오늘 아침 신문엔 사쿠라 꽃이 벌써 핀댔구먼?"
약혼이 성립되던 날 결혼은 사쿠라 꽃 필 무렵에 하자
던 문보가 창경원엔 일주일 이래로 야앵이 개원되리라고
하는데도 이렇다 준비가 없는데, 미자는 은근히 문보의
마음을 짚어 보는 것이다.
"철두 참 빠르군. 벌써 사쿠란가!"
"아이, 그런데 참 날을 받아야 안해요?"
문득 생각킨 듯이 미자는 바싹 따진다.
"머, 꽃 구경은 반드시 해야 하는 법인가?"
"아니, 그날 말예요."
"그날이라니?"
"아이, 왜 당신이 그적에 사쿠라 꽃 필 무렵에 하자고
안 그랬어요?"
"으응, 결혼식 말이야, 뭐?"
"쉐! 바루 모르는 척허지, 음흉허기두."
사실 문보는 음흉하였다. 미자의 말가퀴를 모를 리 없

건만 대답할 말에 이미 준비가 없었으매, 이야기의 빈곤을 아니 느낄 수가 없었던 것이다.

"그런 가식이 그리 바쁠 게 뭐야."

"가식?"

"그럼 가식 아니고. 난 결혼에 예식의 필요를 그리 절실하게 느끼지 않는데…… 본시 결혼이란 마음의 결합을 의미하는 것이니, 마음의 결합보다 더 튼튼하고 굳고 아름다운 것이 어데 있어? 예식으로 그것을 의미하는 것은 그 자체부터가 가식인 동시에 결합에의 모욕이거든."

아직 마음을 결정하지 못한 문보는 만일을 위하여 농담 삼아 이렇게라도 말해 둘 필요를 순간 느끼었다.

그러나 미자는 이 말을 조금도 농담으로 듣고 싶지 않았다. 농담이라 하여도 진정으로 듣고 싶을 만큼 가식을 벗어난 그 진실한 맘의 태도에 오히려 감복하는 것이 있었다. 가식에 얽매여 뜻없는 마음으로 애석히 청춘을 썩여 내던 지난날의 결혼 생활을 연상하는 때문이다.

미자는 이미 어느 전문학교 교수와의 결혼 생활이 있어 보았다. 그러나 인생관, 사회관이 다른 그 결합에서 귀하다고 하는 개성을 살릴 수가 없어, 견디다 못하여 가정을 박차고 뛰어나온 '노라'의 후예였다.

부모가 간섭한 강제의 결혼도 아니었고, 인물이든지 학

식이든지, 그 사회적 지위든지 무엇에 있어서나 남편으로서의 갖춰야 할 조건은 다 갖추었다고, 그리고 그것을 사랑하는 마음에 장래의 행복을 그와 더불어 꿈꾸었던 것이다.

그러나 정작 결혼을 하고 지내 보니 동경하던 행복은 오지 않았다. 알 수 없이 마음은 여전히 공허하고, 까닭없이 그리운 것이 있었다. 그렇게도 있는 정성을 다하여 아내를 사랑하는 남편이었건만 그것으로는 만족할 수 없는 마음의 우울이 있었다. 아내로서의 사랑을 받기 전에 마음의 사랑을 받고 싶었고, 또 그 마음을 주고 싶었다. 그리하여 그 속에서 정의 용해(鎔解)를 얻음으로 자기라는 존재를 찾고 싶었다. 그러나 그것을 느낄 수 없는 곳에 마음의 우울은 깃을 들이고, 그리고 그것은 처녀 시절에 알 수 없이 우울하던 그런 것과는 달리 마음의 파멸을 침노하였다.

여기서 미자는 처녀 시절에 알 수 없이 마음이 허(虛)하고 무엇인지가 만지고 싶게 그립던 것은 이성을 상대로 일어나는 한낱 사춘기의 여성의 마음이었음을 깨닫고, 그것만을 만족시킴으로 만족할 수 없는 마음속에서 아내로서의 알뜰한 정이 남편의 그것과 융합되지 못함을 안타까워하며 삼 년을 하루같이 결혼이란 법망에 얽매여 뜻없는 생을 지탱해 오다가, 충실한 문보의 독자이던 미자는 지난 겨울에 발표한 〈사람〉이라는 작품을 읽게 됨으로 비로소 그 속에서 자기를 찾은 듯이 마음의 위안을 느끼고 불구한 문보인 줄은 알면서도 약혼까지 성립시키었던 것이다. 그리고 맘의 이해 속에서 영원한 행복을 꿈꾸려 사쿠라 꽃이 필 무렵이 어서 오기를 기다리고 있었던 것이다.

"참, 그래요. 예식이라는 건 한낱 눈을 속이는 거짓이구요. 결혼식이 있었다고 마음이 변한다면 그 사랑이 아니 깨어질 수 있겠어요? 깨어진 사랑이 예식에 얽매여 부부 생활이 계속된다는 건, 건, 허수아비 장난이구······."

참으로 그렇다는 뜻을 강조하는 의미로 태도를 정색하게 가진다.

도리어 문보는 놀랐다. 난처한 경우에서 대답에 궁하여 그럴 듯이 끌어다 붙인 말이 그렇게도 미자의 마음을 살 줄은 꿈에도 생각지 못했던 것이다.

이러한 주장이 여자의 처지로서는 극히 불리한 것인 줄을 미자가 모를 리 없건만, 그렇게까지 미자는 허식을 떠나 참을 찾는 그 아름다운 마음씨에 문보의 마음은 흔들렸다. 불구한 고민 속에서의 그들(자식)의 불행한 일생을 건져 주기 위하여 절대의 독신주의를 지켜 오던 자기가 이렇게도 미자와 약혼까지 성립을 시키고 동거를 하고 있는 것을, 그리고 이미 그것이 그릇된 것임을 깨닫고 있는

자기이면서도 마음을 판단하지 못하고 거짓말로 마음의
자위를 얻으려는 자기는 도무지 사람 같지 않았다.

"참, 생각하면 너울을 쓰고, 반지를 받아 끼고, 맹세를
하고 —— 맹세는 뒤늦게 다 하는 거예요. 우스워요. 그
럼, 우린 어느 날 그저 친구들이나 청해 놓고 기념 사진이
나 한 장 찍을까요?"

그렇게 해도 그것은 소위 그 결혼, 그것을 의미하는 것
이다. 결정적으로 대답할 수가 없었다.

"글쎄?"

이렇게 말끝을 흐리어 놓을밖에…….

4

며칠을 두고 애를 태웠으나 시원한 해답은 얻어지는 것
이 아니었다.

이쪽을 누르면 저쪽이 돋우서고, 저쪽을 누르면 이쪽이
돋우서고.

이에 생에 대한 의문은 점점 문보의 마음속으로 스미어
들었다. 어떻게 생각해도 제 마음을 제 스스로 못 가짐은
사람 같지 않았던 것이다.

사람이 살아 있다는 것만으로는 사람이 될 수가 없는

것이었다. 개도 돼지도 살아는 있다. 살아 있다(生存)는 것과 산다(生活)는 것은 자못 거리가 멀다. 살아 있다는 것은 다만 죽지 않았다는 대명사에 불과한 것이 아닌가.

그래도 자기가 무엇인지를 알고 그 마음에 충실함으로 삶을 다하려던 자신이 가엾기도 했다. 세상에는 이러한 뼈 없는 존재가 결코 자기만은 아닐 것이지만, 이러한 무리들은 무엇 때문에 살아야 되나? 이러한 무리들은 생선 엮듯 한 묶음에 꽁꽁 묶어서 한강의 깊은 물 속에 풍덩실 들어 던지더라도 세상은 조금도 애석하지 않을 것 같다. 이러한 뼈 없는 무리들이 그래도 저로라고 뽐내는 이 사회는 장차 어찌 될 것인가? 차페크(Karel Čapek ; 1890∼

1938, 체코슬로바키아의 소설가이자 극작가)는 그 작품 속에서 인조인간(人造人間)을 일찍이 예언하였고, 어떤 학자는 인류 다음에 올 고등동물은 캥거루라고까지 설파하였다. 이 학설을 그대로 믿고 본다면 인류는 올챙이가 개구리로 화하듯 캥거루로 화하여 가는 그 과정에 처한 존재가 아닌가. 그렇다면 선조가 쌓아 놓은 인류 문화의 이 찬연한 탑을 우리는 아무러한 반항도 없이 그날그날의 생활에 순응하고 만족함으로 캥거루 사회에 양여(讓與) 하여야 옳은가? 영원한 인류 문화의 축적에 피를 흘린 거룩한 역사에 한 개 삽이 되어 미진(微塵)의 북돋움이 되지는 못할지언정 장래 사회의 인류의 혹을 애석히 추모하는 캥거루의 조상이 될진댄 차라리 값없는 목숨이 귀할 것 없었다. 단연히 끊는(미자와의 관계) 것이 도리어 인류 문화에 공헌을 더하는 표시가 되는 것이다. 캥거루의 조상에서 인류를 구하는 셈은 되니까.

이렇게도 생각한 문보는 잠에서 깨는 사람처럼 정신이 새로웠다. 비로소 앞길을 내다본 듯이, 그리고 큰 짐을 벗어 놓는 듯이 마음이 가뿐하여지는 것 같았다.

자살, 그것은 어려운 것이 아니었다. 방법은 얼마든지 있을 것이고, 또 그것이 값있는 것이라면 아까울 것이 없었다.

그리고 생이란 것이 그렇게도 괴로운 것이라면, 그 모든 것을 잊게 하는 것만으로라도 생에 대한 대접은 되는 것이다. 자기 한 몸을 희생하여서라도 불구의 불행한 씨를 근절시키는 것만이 원인이었더라면 그 행하기 어려운 삶을 질질 끌어가며 버둥칠 필요가 나변(어디)에 있는가?

어떠한 방법으로든지 근절시킴으로 그들(미래의 자손)의 행복만을 도모하였으면 그만이 아닌가? 그리고 거기에 만족할 것이 아닌가.

그는 문득 이렇게도 생각하고, 그러한 목숨을 스스로 끊는 데 있어 과연 자기는 이 세상에 대하여 한 점의 미련도 없을까를 마음속에 따져 보았다.

그러나 문보는 그 순간, 아깝게도 스스로의 대답이 궁함을 느꼈다. 돌아보아야 모든 것에 있어 손톱만한 미련이 없었건만, 차마 그 미자의 마음은 버리기 아까웠던 것이다.

문보는 여기서 미자와의 정사를 또 문득 생각한다. 자기의 마음을 그렇게도 이해하는 미자라면 여기에도 이의는 아니 가질 것 같은 것이다.

정사! 이래 두고 세상에는 정사가 있는 것이 아닌가 하고 문보는 지금까지 이해할 수 없던 그 정사의 심리를 엿본 듯하였다.

"미자!"

문보는 자기도 모르게 소리쳤다.

"으응?"

"난 영원히 살 도리를 찾고 있는데……."

"네에?"

미자는 그것이 무엇을 두고 하는 말인지 몰라 잠깐 멍하지 않을 수 없었다.

"만일 이 세상에 내가 없다 해도 미자는 살 수 있겠나?"

"당신은 제가 없으문 어떡허지요?"

"난 살 수 없어."

"그럼 저도 못살 게 아녜요?"

"그러기 말이야, 미자! 난 이 세상에선 더 살고 싶지 않구, 그렇다구 또 미자는 떨어지구 싶지 않구 어쩌면 좋은가?"

"아이, 또 소설 재료에 궁하셨나베, 남의 맘을 엿뜨리구……."

"아니, 그런 게 아냐, 미자! 미자는 혹 정사라는 걸 생각해 본 일이 있는지. 나는 미자와 같이 이 세상에선 인연을 끊고 싶어. 그래서 도무지 세상을 잊고 싶단 말이야."

열정에 떠는 침착한 문보의 태도는 실없는 농담도 무슨 소설의 재료도 아닌 것 같은 데 미자는 놀라고 대답이 막

힌다.

"응? 안 그래, 미자?"

"그게 진정으로 하시는 말씀이에요?"

"진정이라는 것보다도 내 가슴은 미자를 사랑하는 마음
에 불붙고 있으니까."

"그러면 왜 그렇게 진실한 사랑을 안고 세상에서 인연
을 끊을 필요가 있겠어요?"

"난 살기가 무서운 것이 있어. 난 천벌을 받은 사람이
아닌지 몰라. 조상적부터 대대로 내려오는 이 불구의 유
전──내 할아버지도, 내 아버지도 다 병신이었어. 그리
구 나두 병신이니, 이 유전적 법칙을 어떡헌단 말이야. 후
계 자손에게도 반드시 이런 불구자는 오구야 말 것이니,
나의 이 불구한 고민을 생각할 땐 차마 자손에게까지 이
불행을 물려주고 싶지가 않구먼. 아니, 그것은 죄악도 같
아. 그러나 그렇다고 미자와는 떨어질 수 없으니 후계 자
손에게 영원한 행복을 도모하려면 목숨을 끊는 길밖에 없
단 말이야. 안 그래? 미자!"

뜻밖의 사실에 미자는 놀라고 잠깐 말이 없더니 고개만
이 점점 숙여진다. 눈물이 스미어 나옴을 느끼는 까닭이다.

문보는 더 말하고 싶지 않았다. 미자의 눈물은 확실히
죽음의 절망 속에서 삶의 화살을 겨누는 약자의 무기임이

틀림없었던 것이다.

그렇게도 모든 것에 있어서 마음이 일치되면서도 오직 죽음이라는 데 있어선 뜻을 달리 가진다.

죽음이라는 것은 그렇게도 두려운 것일까. 이렇게 죽음을 두려워하는 미자의 마음이 아까운 것은 무슨 뜻일까?

알 듯하면서도 알 수 없는 마음이 안타까웠다.

'나 혼자는 왜 죽지 못하나?'

5

괴로움에 일어서 나온 것이 거리였다. 거리는 자기의 마음보다도 어지러운 것 같다. 발을 임의로 옮겨 짚기에도 주의가 가는 복잡한 거리——자동차, 전차, 자전거, 인력거, 심지어 오토바이, 구루마까지도 전날보다 더 나도는 듯 걸음의 자유를 구속한다.

어디로 가자는 목적이 있었던 것은 아니었으나, 남대문통으로 내려가던 문보는 고, 스톱을 기다리기가 싫어 가던 길을 되돌아서 동일은행을 꺾어 지향없는 발길을 다시 종로로 내켰다.

가지가지로 제멋대로의 단장을 하고 나서서 꿈틀거리는 인파는 마치 쓰레기통을 쏟아 놓은 듯이 정리의 필요가 있는 듯하다. 사람은 다 같은 사람이로되, 왜 그 행색은 그리 일치하지 못할까. 그들의 행색은 다 그들의 마음의 표시가 아닐까. 옷차림은 둘째로, 머리깎음조차도 일치하지 못하다. 길게 길러서 뒤로 넘긴 자, 왼 골을 탄 자, 바른 골을 탄 자. 무슨 까닭일까. 신은 사람을 이렇게 창조하여 놓고 멋에 살며 허덕이는 꼴을 봄으로 무쌍의 행복을 일삼는 것이 아닌가. 그렇지 않다면 사람 제 자신이야 삶에 대한 그러한 멋으로 만족할까 보냐. 그것은 확실히 슬픈 멋이다. 사람은 반드시 이런 멋 속에 신의 노리개가 되어야 하는 것인가. 한 번 사람 제 자신의 것대로 삶을 통제시켜 창조의 신으로 하여금 노리개를 삼음으로 멋을 잃은 신이 괴로워하는 꼴을 보고, 우리도 한 번 무쌍의 행복을 느껴 본다면 얼마나 통쾌한 일일까? 생각하다 문보는 문득 얼씬하고 앞에 꺼꿉서는 시커먼 그림자에 놀라고 우뚝 걸음을 세웠다.

"나리! 한 푼만 적선하십쇼, 나리!"

거지의 애원이다.

문보의 손은 두말 없이 호주머니 속으로 들어가 한 닢의 동전을 찾았다. 그러나 거지의 손바닥 위에 던져진 것은 뜻하지도 않았던 오십 전짜리 은화다.

굽실하고 거지는 참으로 고맙다는 뜻을 표하고 또 그럴

만한 손님의 앞으로 옮아 선다. 그러나 손님은 거절이다. 다음 손님도, 또 그 다음 손님도…….

이것을 본 문보는 자기의 적선이 우스웠다. 생을 붙안고 살아갈 인간들이 그 불쌍한 거지에게 이렇다 한 푼의 적선도 없는데, 자살을 도모하는 자기가 살겠다는 인간에게 적선은 다 무엇인지 알 수가 없었던 것이다. 미자밖에 미련이 없던 그가 이 거지에게 동정이 가는 것은 무슨 마음이었을까. 사람마다 본척 만척 지나치고 마는 그 거지, 그 거지를 왜 자기따라 불쌍히 여길까? 언제나 거지에게 일 전 한 푼의 거역은 있어 본 일이 없었지만, 그 이상 더는 그를 위하여 마음을 가져 본 일도 없었다. 그러나 설잡힌 그 오십 전이 결코 아깝지 않다. 그리고 그 마음은 언제까지라도 버리고 싶지 않았다. 생각하면 거리 사람들이 오히려 사람으로서의 일면을 갖추지 못한 것 같다. 불구한 거리에 삶을 찾는 이 불구한 무리들 —— 자기가 육체의 불구자라면 그들은 확실히 맘의 불구자다. 이 맘의 불구자들은 죽음이라는 것은 생각지도 않는다는 듯이 생기에 충만하다. 맘의 불구자는 삶을 찾고, 육체의 불구자는 죽음을 찾는다! 자기가 이미 자살을 도모하였을진댄 맘의 불구자들은 벌써 이 세상 사람이 아니었어야 옳을 것이 아닌가. 그리고도 그들이 그렇게도 살기를 원할진댄, 제

책임을 다하지 못하는 시계는 그 불충분한 기계를 들어내고 완전한 것으로 갈아 넣어야 되듯이 그 맘의 불구한 부분을 갈아 넣어주고 싶다. 그리하여 그들에게 영원한 값 있는 생명을 부어 넣어 캥거루의 조상이 되기 전에 인류 문화의 축적에 빛이 되는 거룩한 인류의 조상을 만들어 주고 싶다.

이 거리에는 이런 인간 수선의 기사는 없는가.

생각하다 문보는 제 결에 놀라고 다시 우뚝 걸음을 멈추었다. 그것은 제 자신에게서도 마땅히 찾아야 할 종류의 것은 아닌가 하니, 금시에 도모하던 자살이 유성처럼 번쩍하다 눈앞에서 부서지고 생에 대한 집착이 오히려 굳세어짐을 느끼었던 것이다.

그러고 보니 지금까지 되풀이해 온 이론은 모두 저도 모르는 가운데서 생긴 죽음에 대한 미련의 반증도 같았다. 그렇지 않다면 거리에 대한 애착이 이다지도 알뜰할 리가 있었을까. 다만 하나의 여자로 말미암아 제 생명을 스스로 끊는다는 것은 그 순간의 고통 속에서의 일시적 착각임이 틀림없을 것이고, 자살이란 이러한 경우의 그 순간을 넘지 못하는 데서 생기는 인생의 가장 처참한 한 장면일 것도 같았다. 백을 넘기지 못하는 인생의 한명(限命)이라는 것을 다 살고 죽는다 하여도 그것은 확실히 비극의 한 토막이어늘 삶의 목숨을 중도에서 스스로 끊는다는 것은, 그것은 너무도 비극적이다. 만일 창조의 신이란 것이 분명 있어 인생의 운명을 지배하고 있다면 제 목숨을 스스로 끊는 그 처참한 행동을 취할 때 신은 자신의 작회에 한 마리의 순한 양같이 아무러한 반항도 없이 끌려 들어가는 것을 보고 얼마나 통쾌해 할 것인가. 자살이란 신의 작회에 만족을 주는 것밖에 더 되는 것이 없을 것 같았다.

생, 그것이 사람의 빛이 아닐까. 사람은 사는 데 그 존재가 있을 것이고 죽음으로 벌써 그는 한 개 인간의 역사요, 인간은 아니다. 인간은 역사를 짓기 위하여 살 것은 아니고, 생을 빛내기 위하여 산다. 생이 빛나는 곳에 인간의 역사 또한 빛날 것이 아닌가. 단연히 미자는 잊어야 옳다. 잊지 못하는 곳에 불행의 씨는 반드시 가까운 장래에 깃들여질 것이다. 그러면 그들의 고통은 또 얼마나 할 것이며, 신은 자기의 그 조화의 기능에 또 얼마나 만족해 할 것인가.

이렇게도 생각하면 미자란 사람의 마음을 긁어 먹는 악마와도 같았다. 인간의 어여쁜 악마! 그것이 미자가 아닌가. 자기의 마음을 이렇게 흔들어 놓았던 것은 틀림없는 미자였다. 이러한 미자를 생명을 걸고 사랑하였는가 하면 전신에 소름이 쭉 끼친다.

그러나 지금이라도 미자를 눈앞에 대하기만 하면 그 아름다운 마음과 미모에 다시 마음은 끌려 들어갈 것 같다. 문보는 집으로 들어가기가 차마 두려웠다. 할 일 없는 거리를, 거리에는 밤이 오는데도 거리거리 돌고 있었다.

그러나 언제까지라도 거리로만 돌아가는 수는 없다. 그는 문득 며칠 전에 받은 대동강 선유(뱃놀이)에의 벗의 청요장(남을 초청하여 맞음을 알리는 편지)을 생각하고 주저도 없이 떠난다는 전보를 쳤다.

6

차에 올라서 그는 한 장의 편지를 미자에게 썼다.

가장집물(家藏什物)은 다 당신의 것으로 하시오. 이 달 집세는 아니 낼 수 없으니 ××사에 고료를 채근하면 그것이 될게요. 내가 가는 길은 알았댔자 필요없는 줄 아오.

밤차 속에서 정문보 씀.

간단한 사연이었다.

차는 다리를 지나는지 더한층 소리가 높아진다. 밖의
하늘엔 빛 잃은 봄달이 외롭게 한가한데——.

마부

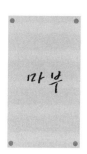

마부

응팔은 한 손에 고삐를 잡은 채 말을 세우고 부르쥐었던 한켠 손을 또 펴며 두 눈을 거기에 내려쏟는다.

번쩍하고 나타나는 오십 전짜리의 은전이 한 닢, 그것은 의연히 땀에 젖어 손바닥 위에 놓여져 있는데, 얼마나 힘껏 부르쥐었던지 위로 닿았던 두 손가락의 한복판에 동그랗게 난 돈 자리가 좀처럼 사라지질 않는다.

이것을 본 응팔은 그 손질이 한 번도 가 보지 못한, 이제야 겨우 발이 잡히기 시작하는 거친 수염 속에 검푸른 입술을 무겁게 놀리며,

"제 제레 이 이렇게 까깍 부르쥐었는대야 어디루 빠 빠

져 나가?"

하고 돈을 잃지 않은 자기의 지능을 스스로 칭찬하고 만
족해 하는 미소를 빙그레 짓는다.

응팔은 오늘도 장가드는 신랑을 태워다 주고 돈을 얻어
선 여기까지 십 리 길을 걸어오는 동안, 아마 다섯 번은
더 이런 짓을 반복했으리라. 그러니 아직도 집까지 닿기
에는 또한 십 리 길이나 남아 있다. 몇 번이나 또 이런 짓

을 되풀이해야 될는지 모른다.

무엇이나 귀한 것이면 웅팔은 두 개의 주머니가 조끼의 좌우짝에 멀쩡하게 달려 있건만 넣지 못한다. 손에서 떠나 있으면 마음이 놓이지를 못하는 것이다. 살에 닿는 그 감촉이 있어야 완전히 그 물건이 자기에게서 떠나지 않고 있다고 안심이 된다.

그러나 웅팔의 이런 의심증은 결코 그에게 이로운 것이 아니었다. 한번은 그때도 역시 사람을 태워다 주고 오십 전 한 닢을 얻어 손에다 쥐고 오다가, 문득 말을 세우고 줌을 펴 보았다. 손에는 돈이 없었다. 조금 전에 오줌을 누며 허리춤을 뽑을 때 그만 쥐고 있던 돈을 깜박 잊었던 것이 뒤미처 생각키었다. 그리하여 돈은 그때에 떨어졌으리라는 것은 분명히 알 수 있었으나, 그래도 그는 그 후부터도 돈을 주머니에 넣지 못하고 줌에 부르쥐기를 의연히 잊지 않으며 그저 펴 보는 그 번수만을 자주 할 뿐이었다.

그러면서도 그는 또 사람을 대해서는 이상히도 의심을 못 가지는 것이 특색이다. 사람이라면 그는 누구나 믿으려고 한다. 자기를 해치려는 말에까지도 넘겨짚을 줄을 모른다. 자기의 마음이 곧으니 남의 마음도 곧으려니 맹신을 한다. 이것이 또한 그에게 이로움을 주지 않았다. 아내까지 남에게 빼앗기고 의지없이 이렇게 남의 집살이를 하며 말을 끌고 돌아다니게 된 것도 바로 그 때문이었다.

십 년 전까지도 응팔은 남의 집에 쌀 꾸러는 다니지 아니하고, 비록 몇 날 갈이의 밭뙈기에서 더 되는 것은 아니었으나 부모가 물려준 것을 받아 가지고 제 손으로 벌어서 목구멍에 풀칠을 하기에는 그리 군색함이 없었다.

그러나 장가를 들자부터 생활은 차츰 쪼들려 오게 되었고, 그렇게 몇 해를 지내는 동안 저도 모르는 사이 그야말로 꿈 같게도 하루아침에 아내도 세간도 다 남의 손으로 넘어가고 알몸만 댕그라니 돌리워 한지에 나서게 되었던 것이니, 속살 모르는 아내를 아내로서만 믿고 돈을 벌어다는 의심 없이 맡겨 오던 것이 그 근본 불찰이었다. 남 같은 지혜를 못 가졌다고 보이는 그 남편을 아내는 형식으로서밖에 섬기지 아니하고 은근히 따로이 정부를 두고는 돈을 솔곰솔곰 뒤로 빼돌리다가, 나중에는 도장까지 훔쳐내어 남편의 이름에 있는 밭 몇 날 갈이, 아니 집까지 팔아 가지고 어디론지 뺑소니를 쳤던 것이다.

그리하여 생계가 어려워진 응팔은 거지처럼 이리저리 밀려 돌다가 이 진 초시네' 머슴을 살게 되기까지의 쓰라린 경험이 이미 있었건만, 그래도 그는 사람을 믿기에는 의심이 없었다. 오직 자기를 해친 그 사람만이 대하지 못할 사람이라 욕을 해 넘길 뿐, 그 사람의 마음에 비추어 다른 사람까지도 의심할 생각은 조금도 않았다.

이렇게도 이상히 사람을 믿는 그라, 주머니에도 못 넣고 손에 쥐고 다녀야 안심할 수 있는 그런 돈이었건만, 마치 지난날 아내를 의심 없이 믿고 돈을 맡기듯 주인 진 초시에게도 돈을 벌어다가는 이렇게 맡기기를 잊지 않았다. 그것은 오히려 자기의 손에 있는 것보다 더 든든하다는 듯이, 한 점의 의심도 없이 마음을 턱 놓고,

"헤——— 일 일천칠백 냥(일백칠십 원)에 꼬리가 달리누나!"

웅팔은 이미 초시에게 맡긴 일백칠십 원에 지금 그 오십 전을 또 가져다 맡기면 일백칠십 원하고도 또 오십 전이 붙는 것을, 그리하여 또 그렇게 불어만 나가 큰돈이 자꾸 뭉쳐지는 것을, 그리고 이제 그 돈이 아내를 또 얻어 주리라는 것을 은근히 생각해 보며 부르쥐었던 줌을 금시에 다시 펴서 손바닥 위에 나타나는 돈을 물끄러미 내려다보고 쫄쫄쫄 혀를 까리며 다시 혁을 채었다.

집에 닿기까지에는 해도 저물었다. 마굿간에 들어서니 마지막 숨을 쉬는 그날의 붉은 놀 줄기가 용마루에 길이 쏘아져 걸렸다.

"오늘은 또 얼마 얻어 옴마아?"

드르르 밀리는 밀창 소리와 같이 언제나 찡기지 못하는
초시의 풍만한 얼굴이 쑥 내민다.

"다 단(닷) 냥(오십 전)이오."

말을 구유에 매고 사랑
으로 들어간 응팔은 초
시의 앞으로 나가
벌떡 춤을 폈다.
그리고 열병 환
자같이 땀에 뜬
돈을 즈르르
삿자리에 미끄
러쳐 놓는다.
너무나 눈에
익은 응팔의 행
동이라, 초시는
그 태도를 이상히
여길 것도 없이 돈만
을 당기어 장부에 기입을
한다.
이런 기색을 눈치챈 초시는 또한 맞방망이로 응팔의 사
위를 맞추느라고 묻기도 전에 장부에 기입을 하고 나서

는, 인제는 얼마나 된다고 미리 알리어 주곤 한다.

지금도 초시는 붓대를 놓자, 응팔의 말이 건너오기도 전에,

"일백칠십 원 오십 전이 됨메. 꽃 같은 색시가 이제 차차 돈 속에서 왔다갔다하눈. 하하하하——."

하고 응팔을 보고 웃는다.

"대 대주디 않아두 다 다 알아요. 일 일천칠백단 낭(냥)인 줄."

응팔은 말을 끌고 오는 동안 도중에서 벌써 그 액수를 외어 넣었던 것이다. 자기가 먼저 다 계산하고 있다는 것을 자랑삼아 대답을 했다.

그리고 그것이 맞는 줄은 알면서도 입버릇으로 중얼중얼 일천칠백단 낭을 입 안에서 다시 굴려 보며 나간다.

초시는 응팔이가 그 돈의 액수를 똑똑히 아는 것이 마음에 켰다. 그것을 그가 앎으로 그의 입은 뭇입에다 다리를 놓아 온 동네가 다 알게 되면 재미없으리라는 것이 자못 근심이었던 것이다. 그리하여 응팔이가 행여 이것을 잊어 주지 않을까 며칠만큼씩 초시는 그것을 따지어 본다.

"님잰(임자는) 글을 모르니 머리 속에다 단단히 치부를 해 두어야 하느니!"

하고 이르는 듯이 말을 하면 응팔은,

"아 안 잊어요, 일 일천칠백다 단 냥을 잊어요?"
하고 거침없이 쭉 뱉어 놓는다. 그러면 초시는,
"그렇지, 잊어선 안 돼."
하고 이르는 듯이 말은 하나, 실인즉 속으로는 너무도 똑
똑한 그의 기억에 하하아! 하고 탄식을 하는 것이었다.

초시는 여기에 한 계획을 세웠다. 이것은 비로소 세운
계획이 아니라 이미 계획하여 오던 것을 급히 다가 놓는
데 지나지 않는 것이었다. 그것은 안 심부름감으로 길러
오던 종의 새끼 삼월이를 그와 맞붙여 줌으로 장가 비용
을 빙자해서 액수가 밝아진 그 돈을 우선 흐려 버리자는
심계였다.

그러면 흔히는 길러내면 서방을 얻어 뺑소니를 치는 버
릇이 있는 종의 습성이라 삼월의 발목도 붙드는 수단이
되고, 삼월의 인물이 또한 깨끗하니 그러지 않아도 제법
수작을 붙이고 다니는 눈치인 응팔이라 흡족하지 않을 리
없을 것이고, 그럼으로써 마음은 더욱 가라앉을 것이니
그렇게 하는 것이 그들 둘을 다 영원히 붙들어 두게 하는
수단도 될 것임으로써였다. 그러면 종이라는 것은 딸을
낳아서 그 딸이 시집을 갈 만한 나이가 아니고는 임의로
그 집을 떠날 수가 없는 법임은 이미 그들도 잘 알고 있을
것이므로, 설사 그들이 나갈 의향을 혹 가졌다 하더라도

거연히 염을 못 내고 딸을 낳아서 십여 살까지의 성장을 기다려 그 딸을 바치고야 나가게 될 것이니, 그적에는 나가지 않아도 걱정이다. 오십이 넘게 될 응팔이니 무슨 소용이 있으랴.

초시는 이런 이해 타산을 일단 세운 다음, 어느 날 응팔에게 조용히 말을 걸었다.

"내, 님재 색시감을 참헌 걸 하나 골라 놨음메. 날래(빨리) 당개(장가)를 들으야디, 늘 호래비(홀아비)루야 적적해서 어떻게 살갔음마?"

"고 고르므뇨, 당 당개 가가가 가갔시오."

응팔은 그러지 않아도 인젠 모은 돈이 장가 밑천이나 된다고 속으로는 은근히 색시의 물색을 하던 참이었다.

눈이 번쩍 띄어 대답을 했다.

"그래 내가 작년부터 색시감을 골라 왔디만, 암만 두구 골라 봐야 그저 고년만큼 참헌 년이 없어."

"어드메 있소? 색 색시레?"

"아, 그 삼월이 말이야. 내 참, 고년을 뉘가 얻어 가노 했더니 그년이 님재게로 감메게레."

이 말을 들은 응팔은 말없이 잉큼 놀라며 눈이 둥그래진다.

삼월이를 얻어 준다면 입이 헤 하고 벌어질 줄 알았던

초시는 까닭을 몰라 더 말을 못하고 응팔의 태도만 이상히 바라보니,

"머 머시요? 삼 삼월일······?"

하고 응팔은 자기의 귀를 의심하는 듯이 재차 묻는다.

"고년 참 오줄기 똑똑한 년인가, 사람은 그저 인물이 밴밴해야······ 님재두 늘 지내 보지만 고년 참 얌전허디 않아?"

"글쎄, 삼 삼월이 말이디요?"

"글쎄, 삼월이 말이야."

"아 아니오. 삼 삼 삼월인 시시시 싫어요, 난."

"싫다니! 삼월이가 싫어?"

"그 그렇게 고 곱게 새 생긴 걸 누 누구레 얻 얻갔소!"

응팔은 진저리가 난다는 듯이 머리를 절레절레 흔든다.

이상히도 사람을 믿는 그였지만 삼월이 같은 애교 있고 반반한 계집은 생각만 해도 이에 신물이 돌았던 것이다. 이미 자기를 옭아먹고 달아난 그 아내가 그것을 말하는 것이었다.

동네 사람들이 밤마다 모여서 시시덕거리는 걸 그저 놀기 좋아 그러거니 했더니, 후에 알고 보니 고년의 애교에 모두들 반하였던 것이다. 열 번 찍어 안 넘어가는 나무가 없다. 근덕시니 요년은 휘어져서 자기를 돌려 따던 것이

다. 그러면서 없는 정을 있는 체, 속으로는 딴전을 펴는 그것은 그 여자의 반반한 데 숨어 있는 요염이 시키는 짓이라 하여 저 여자가 이쁘다 하고 눈에 띄는 여자면 그는 장래 아내로서의 대상을 삼

자는 데는 마음에도 두

지 않았던 것이다.

그저 좀 못난 듯

하면서도 입

이 무겁고 상

판이 좀 넓

적지근하고

두터운 가죽

에 털색인

두미두미한

여자가 아내로

서의 영원한 대상

같았고, 그리하여 그

런 여자를 꿈꾸어 왔던 것

이다. 응팔이가 삼월에게 눈치를 달리 가졌다는 것은, 그것은 다만 홀아비로서의 여자임으로서 대하는 그러한 행동에 지나지 않았던 것이지 결코 삼월에게 마음이 쏠렸던

것은 아니었다.

"응팔이, 상 좀 내가우!"

하고 이상히 재긋하는 삼월의 그 감기는 듯한 눈초리는 웃지 않아도 웃는 것 같은 옛날 아내의 그 사내들을 호리는 그 맛보다 어딘지 더 힘센 매력이 있어 보였고, 그것은 그대로 거짓말 같았다. 이제 그 아름다움으로만 되었다고 볼 수 있는 삼월이를 응팔이는 아내로 얻을 수가 없었다.

"초 초시님! 난 그 그 서마을댁 행랑 영감 딸 닌 넌네가 마 맘 있어요."

응팔은 이 동네의 처녀들 가운데서 그 넌네를 제일이라고 눈여겨보고 점을 쳐 두었던 것이다.

"이 사람! 그걸, 아, 그 믹째길! 그년이, 님재, 왜 시집을 못 가구 스물이 넘도록 파묻혀 있는 줄 알마? 어쩌면 색이라니. 계집이란 첫째 인물이야. 아, 게다가 눈을 두다니! 아여(아예) **생각을 돌리시.**"

이것은 지어서 하는 **말만이 아니라** 초시의 실지이기도 했다.

"그래두 난 난 이 이미네(아내) 고 고훈(고운) 건 시 싫어요. 재 재미있게 데리구 살래기 이미네디 보기만 고 고흠은(고우면) 머 멀 허갔소, 그까짓 거."

"안 그렇대두 그래. 어서 내 말을 들으시? 내 말이 그저 옳슴머니. 내 이 봄으루 아여 성례꺼지 시켜 줄 터인데, 머, 날 받아서 삼월이 머리만 얹으문 될걸."

초시는 누가 듣기나 하겠다는 듯이 혼자 이렇게 단정을 하고 문갑 위에서 역서를 집어들고 손마디를 짚어 돌아가더니,

"사월 보름이 대통일이로군."

하고 인제 작정은 다 되었으니 다시 더는 여기에 이의를 말라는 듯이, 그리고 위엄으로 응팔의 마음을 누르려는 듯이 에헴 하고 시침을 달며 도사리고 앉아 재떨이에다 담뱃대를 타앙탕 뚜드린다.

이런 일이 있은 후부터 응팔은 손에 일이 오르지 않았다. 가복(家覆), 개바주, 담뜸, 이런 것들이 어서 치워져야 또 자롱 논에 거름도 실을 터인데 초시는 삼월이를 기어이 붙여 줄 채비이니 도무지 일에 기운이 탁 빠졌다. 그러면서 삼월이야 무슨 죄련만 그년은 보기만 하여도 머리칼이 오싹거리고 눈꼴이 가로 서 볼 수가 없었다.

삼월이 귀에도 이런 말이 벌써 들어갔는지 전에 달리 자기를 대하기를 수줍어하며, 그러는 태도에 나타나는 그 얌전한 듯한 가운데 마음을 끄는 매력엔 천하에 있는 간사와 요염과 표독이 다 숨어 있는 듯이 생각되었다. 그리

고 이것이 한데 얼크러져 꼬리를 두르는 날에는 영락없이 자기는 옛날의 그 아내적 운명을 벗어나지 못하고 말 것만 같았다.

그러니 삼월에게 대한 홀아비로서의 마음조차 삼월에게는 느껴지지 않고 무슨 못 볼 요물을 보는 때와 같이, 삼월은 먼 발치에서 빛만 보여도 등어리에 찬물이 와 닿는 듯이 몸이 오싹거렸다. 그러면서 자연히 나가지는 말에도 삼월을 대해서는 밉게만 쏘아지는 것을 어찌하는 수가 없었다.

언제인가 한번은,

"응팔이, 새 좀 뽑아 디리우?"

하고 삼월이가 이를 때,

"구 구 구무여우 같은 년. 넌 넌 손 손목재기가 부러졌네? 쌍 쌍년 같으니!"

하고 응팔은 저도 모르게 욕을 쏘아붙였다.

그러니 삼월이 감정이 또한 좋을 리 없다.

"하, 좋다! 꼴이 꼴 같지두 않은 게…… 누구레 욕 주머닐 달구 다니나! 야하, 참!"

하고 응팔을 능멸히 보는 삼월은 가늣하게 감기는 눈이 새침하게 흰자위만을 반득이며 코웃음이다.

그러면 응팔은 또 약이 오른다.

"요 요 패 패라한 년, 머 머시 어드래?"

"욕 안허군 말 못허나?"

"요 요 요년 봐라! 요 요 요 마 마주 서는, 아!"

"아이구, 저것두 머 수커라구(수컷이라고) 계집을 업수
이 여기나!"

"아 아니, 요 요년이 누 누 누구보구……!"

"어서 새나 뽑아 버리라우. 잔말 말구."

그러니 응팔이가 참나, 삼월이가 지나, 마주 서 입론만
되게 되면 흔히는 둘이 다 볼이 부어서 하나는 씨근씨근,
하나는 쌔근쌔근 결려댄다.

이럴 때면 초시는 화해를 붙이느라고,

"닭쌈 또 하나 머? 내외 쌈은 칼루 물 베긴걸……."
하고 이미 부부가 다 되었다는 뜻으로 이렇게 능청스럽게
사이에 들어서 중재를 시킨다.

그러나 아무리 삶아야 응팔은 삶기지 않았다.

초시의 속살을 넘겨짚지 못하는 응팔은 초시가 자기를
그처럼 생각하고 인물이 깨끗하고 된 품이 얌전하다고 삼
월이를 얻어 주려 싫대도 우기는 초시의 그 자기를 위하
는 정성에는 이심으로 감사하나, 백년해로를 눈앞에 놓고
일생을 바라볼 때 아무리 마음을 지어서 먹으려 하여도
삼월이와는 살 수가 없었다.

그리고 그 반면으로 서마을댁 행랑 영감의 딸 닌네만이 자꾸만 잊혀지지 아니하고 알뜰하게 마음을 붙들었다. 푸르뎅뎅한 살빛, 넓적한 상판, 웃을 때 헤 하고 있는 대로 벌어지는 커다란 입. 비록 그것이 색으로 마음을 끄는 것은 아니었으나, 그러한 모습에 담긴 순진한 마음은 조금도 사람을 속일 것 같지 않았다. 그리하여 그러한 계집이 언제든지 자기의 짝이리라 생각하면 그저 그리운 것이 닌네뿐이었다. 그래서 그 닌네를 만일 얻는다면 하고 장래의 살림 배포까지 짬만 있으면, 아니, 일을 하다가도 문득 손을 놓고는 머리 속에다 베풀어 본다. 그러면 그것은 몇 번이라도 전날의 그 아내적 살림보다는 순조로, 그리고 단란한 가정이 웃음 속에서 깨가 쏟아져 보였다.

"내 내 그 돈, 거 일 일천칠백단 단 냥이디요?"
응팔은 사월 보름이 오기 전에 그 돈을 초시에게서 찾아내어 닌네를 사려고 액수를 다시금 단단히 따지었다.
"그래, 그 잊어선 안 됨메."
"이 잊다니오! 나 이전(이젠) 거, 거 다 달라우요."
초시는 뜻밖의 돈 채근에 눈을 치뜬다.
"돈, 내 돈, 이전 다 달란 말이우다."
"아니 머시? 이 사람이 정신이 있나, 원! 삼월이 몸값을 이백 원으로 친대두 돈이 삼십 원이나 부족한데 거 무슨 말이야?"

"자, 이 이건! 걸 누 누구레 삼 삼월일 머 얻갔대기 그 르우?"

"아, 머시? 아, 사월 보름으루 날까지 받아 놓지 않았나?"

"난 난 삼 삼월인 글쎄 시 싫어요. 다 다른 데 난 당 당 갤 갈래는데 머 멀 그르우?"

"아 아니, 건 안 될 말이야. 천부당 만부당두 푼수가 있디. 내가 님재 장갤 보낼라구 오륙 년을 힘써 왔는데, 또 이건 동네에서두 다 아는 일이웨. 그러니 님재가 장갤 잘 못 들었다면 그래 남들이 누굴 욕하겠나? 날 욕할 테야, 날. 그래서 내가 여지껏 똑똑한 계집을 고르느라구 힘을 써 왔는데 삼월일 마대구 다른 델 가겠대면 난 그 돈 못 줘. 못 주구말구. 돈 주구 욕 얻어먹으려구? 바루 내가 삼 월일 싫대면 또 다른 데 얻어 볼 법은 해두, 그렇지 않아? 생각을 해 보시."

"글쎄, 난 닌 닌넬 얻을래는데 머 멀 그르우? 일 일천칠 백단 단 낭 다 달라우요."

응팔은 날마다 졸랐다. 그러나 초시는 시종일관 들으려 고 하지 않았다.

이러는 가운데 갈 줄만 아는 세월은 사월 보름도 며칠 밖에 앞으로 더 남겨 놓지 않았다. 이 며칠 안으로 성공을 못하는 날이면 삼월은 꼬리가 떨어질 것이요, 그럼으로써 자기는 행랑방으로 옮아 앉아야 될 판이다.

그러면 삼월은 명색이 아내, 그렇게 밴밴한(반반한, 조금 반반한) 계집이……. 생각하면 뒤에 올 것은 이를 악물고 다 한 머슴살이 육 년의 결정이 삼월의 요염 속에서 제멋대로 놀아나는 밑천밖에 더 될 것이 없을 건 빤한 일 같았다.

응팔은 생각다 못하여 한 방도를 생각했다. 받을 수 없는 돈을 받자면 돈을 훔쳐 낼 수밖에 없다는 어리석은 지혜가 그것이었다. 훔쳐 낸다고는 하지만 내 돈이기에 내가 임의로 하는 것이니 죄라기보다는 당연한 일일 것 같았고, 또 훔쳐 내서는 곧 그 뜻을 알릴 것이니 죄랄 것이 없으리라는 것이었다.

일단 이런 계획을 세워 놓고 응팔은 날마다 밤이면 돈을 훔쳐 낼 그 기회만을 엿보는 것을 게을리하지 않는 일이었다.

오늘 밤도 사랑 윗목에서 그렇게 억센 일에 종일을 지친 피로한 몸이었건만, 깊이 잠이 들지 못하고 이불 속에서 초시의 드는 잠만을 엿보기에 온 정신을 모으고 있었다.

원체 한번 잠이 들면 깰 줄을 모르고 내자는 습성이 있
는 초시인 것은 예전부터 알아오는 일이지만 그래도 하고
용단을 못 내오던 것이, 오늘 밤은
거기에 콧소리까지 높이
들려 아주 잠이 깊이
들었다는 것이 용
기를 돋우게
했다. 그런데
다가 벽장문
열쇠를 열
어야 할 것
이 늘 근심
이던 판에
오늘따라 낮
에 벼 판 돈이
그대로 초시의 조
끼 호주머니 속에 들
어 있다는 것을 안 옹팔은
더 참을 수가 없었다.

　　옹팔은 마침내 이불을 젖히고 일어나 숨소리를 죽였다.
그리고 어둠 속을 두 다리, 두 팔로 짐승같이 조심조심 초

시의 머리맡으로 기어가 낮에 보인 그 불룩한 누런 봉투를 조끼 주머니에서 그대로 들어냈다.

이튿날 아침 봉투가 없어졌다는 것은 곧 탄로되고, 한방에서 잤다는 이유로 혐의의 화살은 응팔에게 쏘였다.

응팔은 자기가 가져야 할 액수만을 갈라 가지고 나머지를 미처 들여 놓지 못한 것만이 미안했다. 초시의 눈앞에서 봉투를 가르자니 초시가 그 봉투를 보고는 그대로 있지 않을 것 같아 주위의 화살이야 오건 말건 그 돈을 가르기까지 넣어 두리라 사랑 부엌 아궁에 불을 지피고 있는 동안, 뜻밖에도 시커먼 그림자가 문 앞에 마주 선다. 순사였다.

"난 난 죄 죄 없어요. 일 일천칠백단 단 냥을 내구 디 디리 놓으문 회 회계가 돼요. 일 일천칠백단 단 냥은 다 내 돈이에요."

응팔의 목소리는 부지깽이를 잡는 손과 같이 떨렸다.

"정 정말이에요. 일 일천칠백단 단 냥은 다 다 내 내 돈이에요."

그러나 순사는 그의 팔목을 묶는 데만 열심이었다. 그리고 꽁꽁 묶어서 뒤로 늘이운 포승의 끈을 말고삐처럼 붙들고 끌어냈다.

응팔은 분명히 자기가 주재소로 끌리어 가고 있는 것은

현실인 줄 알면서 왜 끌리어 가는지, 무엇이 죄될 것인지
를 똑똑히 분간할 수 없는 것이 그저 꿈 속 같았다.

계용묵

- 1904년(1세)……9월 8일 평안북도 선천(宣川)군 남면 삼성동 군 현리에서 부 계항교(桂恒教)의 1남 3녀 중 장남으로 출생함.
- 1909년(6세)……조부 계창전(桂昌瑑) 밑에서 《천자문》, 《동몽선습》, 《소학》, 《대학》 등의 한학을 배움.
- 1914년(11세)……삼봉(三峰) 공립보통학교에 입학함.
- 1918년(15세)……안정옥과 결혼함.
- 1919년(16세)……삼봉(三峰) 공립보통학교를 졸업한 후 다시 서당에서 수학함.
- 1920년(17세)……소년잡지 『새소리』 현상문예에 시 〈글방이 깨어져〉가 2등으로 당선됨.
- 1921년(18세)……4월에 조부 몰래 상경하여 중동학교에 입학함. 김억을 통해 염상섭, 남궁벽, 김동인 등을 알게 됨. 신학문을 반대하는 조부의 엄명으로 학업을 중단하고 낙향함.
- 1922년(19세)……조부 몰래 다시 상경하여 휘문고등보통학교에 입학했으나 6월에 또 붙들려 낙향함. 『조선문단(朝鮮文壇)』지에 단편 〈상환(相換)〉이 당선되어 문단에 데뷔함. 이 후 4년간은 고향에서 명작을 탐독함.
- 1924년(21세)……『생장(生長)』지의 작품 현상 공모에 시 〈부처님, 검님 봄이 왔네〉가 당선됨.
- 1927년(24세)……단편 〈최 서방〉을 『조선문단』지에 발표함.
- 1928년(25세)……일본으로 건너가 동경에 있는 동양대학 동양학

과에 입학함. 단편 〈인두지주(人頭蜘蛛)〉를 발표함.

■ 1931년(28세)······집안이 파산하여 학업을 중단하고 귀국함. 고향에 칩거하며 장편 〈지새는 달 그림자〉와 중편 〈마음은 자동차를 타고〉를 탈고하였으나 모두 분실함.

■ 1932년(29세)······단편 〈제비를 그리는 마음〉을 『신가정(新家庭)』지에 발표함.

■ 1935년(32세)······『조선문단』지에 단편 〈백치 아다다〉를 발표하면서 새로운 작풍을 시도함. 그 밖에 단편 〈연애 삽화〉, 〈고절〉 등을 발표함.

■ 1936년(33세)······단편 〈장벽〉, 〈신사 허재비〉, 〈오리알〉 등을 발표함.

■ 1937년(34세)······단편 〈심원〉을 발표함.

■ 1938년(35세)······조선일보사 출판부에 입사함. 단편 〈청춘도〉를 발표함.

■ 1939년(36세)······단편 〈유앵기(流鶯記)〉, 〈회화(戱畫)〉, 〈캥거루의 조상이〉, 〈병풍에 그린 닭이〉, 〈부부〉, 〈마부〉 등을 발표함.

■ 1941년(38세)······단편 〈시(詩)〉, 〈시골 노파〉, 〈수달피〉, 〈불로초〉 등을 발표함.

■ 1942년(39세)······단편 〈자식〉, 〈준광인전〉, 〈신기루〉 등을 발표함.

■ 1943년(40세)······8월에 일본 천황 불경죄로 구속되었다가 두

계 용 묵

달 후에 석방되어 낙향함. 곧 방송국에 취직하였으나 일본인과의
차별대우로 인해 3일 만에 퇴사함. 단편 〈이반(離反)〉을 발표함.

■ 1944년(41세)……단편집 《병풍에 그린 닭이》를 간행함.

■ 1945년(42세)……해방 후 좌우익간의 갈등적인 문단 상황에서
중간적 입장을 고수하면서 정비석과 함께 종합잡지 『대조(大潮)』를
창간함. 단편집 《백치 아다다》를 간행함.

■ 1946년(43세)……『동아일보』에 단편 〈별을 헨다〉를 발표함. 그
밖에 단편 〈금단(禁斷)〉도 발표함.

■ 1947년(44세)……단편 〈인간적〉, 〈바람은 그냥 불고〉, 〈일만 오
천 원〉, 〈치마〉, 〈짐〉, 〈이불〉 등을 발표함.

■ 1948년(45세)……김억과 함께 수선사(首善社)라는 출판사를 설
립함.

■ 1950년(47세)……단편 〈물매미〉, 〈수업료〉, 〈거울〉, 〈환농(幻
弄)〉 등을 발표함. 단편집 《별을 헨다》를 수선사에서 간행함.

■ 1952년(49세)……6·25 한국전쟁중 제주도에서 월간 『신문화
(新文化)』지를 창간하여 제 3호까지 간행함.

■ 1955년(52세)……수필집 《상아탑》을 간행함. 『현대문학(現代文
學)』지 소설 부문 추천위원에 위촉됨.

■ 1961년(58세)……『현대문학』지에 《설수집(屑穗集)》을 연재하던
중 8월 9일 장암으로 서울 성북구 정릉동에 있는 자택에서 타계함.

백치 아다다

▌2010년 2월 1일 발행

▌지은이_ 계용묵
▌펴낸이_ 박준기
▌펴낸곳_ 도서출판 맑은소리
▌주소_ 서울시 금천구 가산동 550-1 롯데 IT캐슬 2동 1206호
▌전화_ 02-857-1488
▌팩스_ 02-867-1484
▌등록_ 제10-618호(1991.9.18)

▌ISBN 978-89-7952-115-3 03810

● 잘못된 책은 구입한 곳에서 바꾸어 드립니다.
● 값은 뒤표지에 있습니다.